헬로 마이 보이스

KOE NO ARIKA

©Haruna Terachi 2021

First published in Japan in 2021 by KADOKAWA CORPORATION, Tokyo.

Korean translation rights arranged with KADOKAWA CORPORATION,

Tokyo through BC Agency.

헬로
마이
보이스

데라치 하루나
장편소설

박우주 옮김

차례

\#\#\#\#\#\#\#\#

딸기

\#\#\#\#\#\#\#\#

＃＃
＃＃

　역 앞 가나토(鐘音)빌딩 2층에 '애프터스쿨 가네(鐘)'라는 간판이 걸려 있었다. 목요일 정오였다.

　키와가 목격한 게 목요일 정오일 뿐 간판 자체는 수요일에 걸려 있었다고 아파트 이웃 주민은 말했다. 학교에서 돌아온 하루키에게 이야기했더니 하루키는 "화요일에도 이미 있었어"라고 시큰둥하게 내뱉곤 책가방을 바닥에 내팽개쳤다. 집에 오면 제일 먼저 정해진 위치에 책가방을 두라고, 하루키가 1학년일 때부터 입이 닳도록 말해왔다. 똑같은 말을 앞으로 몇 번이나 더 해야 하는 걸까. 똑같은 말을 똑같이 반복할 뿐이라 소용이 없는 건가 싶기도 하다.

사람들의 증언을 정리하자면 간판은 월요일 저녁에 설치되었다는 게 된다. 간판 설치업자 한 명과 아빠 의사와 '가나토 집안의 둘째 아들'이 약간 더 오른쪽으로 가라는 둥 2센티미터 더 옮기라는 둥 시끌시끌 야단이었다고.

가나토빌딩 1층은 소아과이고, 아빠 의사란 작년에 첫째 아들에게 원장직을 넘겨준 의사를 말하는 것이었다. 이 동네 사람들 발음으로는 아빠 의사가 '아빠 으사'로 들린다.

어릴 적 하루키의 아기 습진을 진찰하고 첫 독감 예방 주사를 놓아준 건 아빠 의사였다. 통증을 동반하는 치료를 할 때면 "이건 아플 거란다"라고 말해주는 사람이었다. 아프지 않다고 거짓말해선 안 됩니다, 아이에게 신뢰받을 수 없게 되니까요, 라고 아빠 의사는 말했다.

옛날에 이 동네 아이들은 모두 가나토소아과를 다녔다고 키와의 엄마는 말하지만, 가나토소아과는 최근 역 뒤편에 새로 생긴 깨끗한 소아과에 환자를 뺏기고 있는 분위기라 언제 가도 텅 비어 있더라는 소문이 자자했다.

그런 와중에 생겨난 '애프터스쿨 가네'였다. 설치하고 있던 사람은 전문 업자인 듯하나 간판의 글자는 자못 풋내기가 쓴 것 같은 손글씨로, 가네라는 글자 뒤에 쓰려다 만 듯한 어중간한 점이 찍혀 있었다. 가나토라고 쓰려다 귀찮아서 관둔 거 아니야? 라며 우스워하는 할머니도 있었다. '가나토 집안의 둘째 아들'이라면 충분히 그러고도 남는다고.

"가나토 집안 둘째 아들, 무슨 일을 꾸미려는 거지?"

가나토 집안 둘째 아들에 대해서는 소문이 무성했다. 대개는 좋지 않은 소문이었다.

고등학생일 적 유부녀와 사귀었다느니, 그 후 사이가 틀어져 유부녀에게 칼을 맞았다느니, 아니 찌른 건 격분한 남편이었다느니 하는 그럴싸한 소문이 나돌았다.

지역 내에서 제일가는 고등학교를 졸업하고 도쿄에 있는 의대에 들어간 첫째 아들과 달리, 둘째 아들은 한자도 제대로 못 읽는 바보라든가 구구단도 못 외운다든가 하는 말도 있었다.

아빠 의사가 사립 의대에 보내려 애썼으나 본인이 마뜩잖아해 입학조차 시키지 못했고 지금은 프리터족으로 살고 있다는 이야기도 있었다.

곧잘 길고양이들에게 말을 붙이곤 하더라는 시답잖은 것부터 "강변 둔치에 눌러사는 할아버지 있잖아. 그래, 그 누더기 입은. 그 사람하고 몰래몰래 종이봉투 주고받는 모습을 목격했어. 수상하지?"라든가, 검은 차에 올라타는 모습을 목격했다든가, 또 화려하게 꾸민 미성년자 여자애와 팔짱을 끼고 걸어가더라는 등 불순한 것들도 많았다.

그 소문의 대부분은 밑도 끝도 없는 헛소문이겠거니 키

와는 짐작하고 있었다. 가나토 집안 둘째 아들의 됨됨이를 잘 알고 있는 건 아니지만 소문이란 대개가 헛소문에 지나지 않기 때문이다.

하지만 그 점을 굳이 지적하는 일은 없었다.

시골 마을 출신인 남편은 "시골 사람들은 남 말 하길 좋아해"란 말을 자주 하는데 그건 좀 잘못된 말이라고 키와는 내심 생각한다. 지역은 상관없다. 어떤 공동체든 남 말 하길 좋아하는 사람은 일정 수 존재한다. 그들에게 남 이야기는 살아가는 연료이자 사교의 장 속 윤활유, 혹은 신경 안정제이기도 하다.

가나토 집안은 대대로 의사 집안이다. 자기 소유의 빌딩도 가지고 있다. 요컨대 부잣집인 것이다. 그런 집안에서 난 불초자식의 존재는 '그 밖'의 사람들을 안심시킨다. 그래, 인생은 역시 모든 게 다 완벽할 수 없는 법이지, 하며 편안한 마음으로 웃게 해준다.

그리고 남편 고향에 비해서일 뿐 이 동네라고 도회지인 것은 아니다. 인구 약 16만 명의 어디에나 있을 법한 지방 도시다.

유명 가전제품 브랜드의 본사가 있어 세수입이 안정적이라고들 해왔는데, 몇 년 전 그 본사가 도쿄로 이전하고부터는 쭉 재정난이라는 소문도 있다.

유명한 관광 명소가 있는 것도 아니다. 국도변에 대형 쇼핑몰이 들어서면서 상점가에는 셔터를 내린 가게들이 눈에 띈다.

키와는 이 동네에서 태어났다. 초중고 모두 공립 학교를 선택했고 집에서 통학할 수 있는 전문대를 졸업한 뒤 시외 어린이집에 보육 교사로 취직했다. 남편과는 친구 결혼식 뒤풀이에서 처음 만났다.

아파트를 살 때 남편이 했던 "애 키우려면 당신 본가랑 가까운 게 좋겠지"라는 말을 당시는 다정함으로 받아들였다.

지금은 안다. 남편에게는 '육아는 부모가 함께 하는 것'이란 의식이 털끝만치도 없다는 걸. 키와의 부모님이 가까이 있으면 육아를 '돕는' 건 남편이 아닌 키와의 부모님이 된다.

나는 이 동네, 열려 있는 듯 은밀히 닫혀 있는 동네를 떠나지 못하고 늙어가다 죽고 말겠지. 앞날이 내다보였다.

그러므로 키와는 동네 사람들이 낙으로 삼는 남 이야기에 찬물을 끼얹는 짓은 하지 않았다. 분란은 가능한 한 일으키지 않았다. 무슨 질문을 받든 어정쩡한 미소를 띤 채 "그래요?", "그러셨어요?", "그러시군요"를 차례차례 혀 위에 올렸다.

더구나 가나토 집안의 둘째 아들을 감싼다 한들 저 자신에게는 아무런 이점도 없었다. '애프터스쿨 가네'가 뭘 하는 곳인지도 모른다. 감싸주려야 감싸줄 수가 없다.

　나이로 말하자면 한참 밑이다. 키와가 중학교 1학년일 때 그쪽이 초등학교 1학년이었다. 가나토 집안의 첫째 딸 리에와는 동창이며, 같은 요리부 소속이었으므로 매일 함께 집에 갔었다.

　리에와 실없는 이야길 하며 걷고 있는데 모퉁이에서 갑자기 남자애 하나가 튀어나왔다. 마른 몸에 짊어진 검은 책가방은 유달리 커 보였다.

　남자애는 리에를 "누나" 하고 부르곤 앞니 빠진 입을 크게 벌리며 웃었다. 마침 이가 새로 나는 시기였을 텐데 몹시도 어벙해 보였다.

　"얘는 내 남동생. 갓치라고 해."

　책가방을 건드리며 키와에게 소개한 리에가 그때 어떤 표정을 짓고 있었는지, 어째선지 조금도 기억나지 않는다. 그 후 둘은 바싹 달라붙어 걷기 시작했다.

　누나, 아까 말야, 하고 떠드는 말은 전부 엉성한 발음으로 들려왔다. 어어, 응, 그래? 하고 맞장구치던 리에는 그녀보다 두 살 많은 오빠, 즉 가나토 집안의 첫째 아들과 마찬가지로 성적이 우수했고 두 사람 다 무척 똘똘해 보이는 외모였으므로 그 동생을 보고 '안 닮았네' 생각한 기억은 있다.

　초등학생일 적 리에는 늘 인형 같은 차림을 하고 있었다.

빨강 혹은 분홍 원피스를 입고 허리까지 올 법한 머리카락을 땋고 다녔다.

모범생인 그녀와 자신이 어쩌다 함께 귀가하게 되었는지 키와는 그 경위가 생각나지 않는다. 그도 그럴 것이 20년도 더 지난 일이었다. 같은 동아리였고 집 가는 방향이 같았다지만 속해 있던 무리는 달랐다. 교실에서는 대화를 주고받은 기억이 거의 없다.

어쩌다 보니 자연스럽게 그렇게 된 거였나. 얼음설탕 봉지를 가위로 자르며 키와는 당시를 떠올려보려 했다. 집에 같이 가기로 약속했던 건 아니고 같은 방향으로 가다 보니 나란히 걷게 된 것뿐일까.

말을 걸지 않으면 안 된다는 생각이 든 것일 수도 있다. 그녀, 리에에게는 그런 면이 있었다. 위대한 공평함. 넘쳐흐를 것만 같은 친절함.

지금은 외딴섬인지 외딴 산골 마을인지에서 의사를 하고 있댔나. 리에답네. 그런 생각을 하며 딸기를 씻었다. 알이 작은 딸기를 팔아 다행이었다. 병 안에 딸기와 얼음설탕을 번갈아 담으니 빨강 하양 무늬가 완성되었다.

며칠 재어둬 얼음설탕이 녹으면 맑고 투명한 붉은빛 시럽이 된다. 마른 헝겊으로 병을 닦고, 뚜껑에 붙인 마스킹테이프에 '2019년 4월 15일'이라고 적어 넣었다.

백엔숍에서 산 매트 위에 올려놓고 스마트폰으로 사진을 여러 장 찍었다. 가장 예쁘면서도 멋스러운 느낌이 드는 필터를 고르고, 실수로 귀퉁이에 같이 찍혀버린 머그잔을 잘라낸 뒤 SNS에 올렸다. 딸기 시럽은 탄산과 섞으면 딸기 소다가 되는데요, 간단하고 맛있답니다. 딸기가 아직 많이 남아서 잼도 만들려고요, 라는 시시껄렁한 문장도 곁들였다.

비파 젤리를 만들었을 때도 살구 잼을 졸였을 때도 지금처럼 게시물을 업로드했다. 매실주 때는 마트에서 산 매실이면서 '친정집 마당에서 딴 매실'이라고 적었다. 왠지 모르게 그러는 편이 더 근사하다는 생각이 들었으므로.

실제로 딸기 시럽을 만들 때보다 제 게시물을 바라보고 있을 때야말로 흔히 말하는 '정성스러운 삶'을 살고 있다는 실감이 났다.

거짓말을 하고 있다는 의식은 없었다. 언제나 좋은 기분을 유지하는 것이 좋은 어른의 조건이라고들 하지 않는가. 기분 좋게 살기 위해 모양을 차리는 일이 대체 뭐가 문제냐는 생각마저 든다.

딸기는 생으로 먹는 걸 가장 좋아한다. 알이 작거나 좀 새콤하더라도 아무것도 곁들이지 않고 바로 입에 넣는 걸 선호한다. 잼이 된 딸기는 식감이 물컹물컹해서 별로 좋아하지 않는다.

사실 시럽 역시도 그리 좋아하지 않는다. 예전에 하루키 먹으라고 빙수에 뿌려준 적이 있는데 무관심한 듯 "색이 연하네"라는 한마디로 끝이었다. 딸기에서 빠져나온 색은 병 안에서는 선명해 보이지만 얼음에 뿌리면 옅다. 착색료의 빨강은 따라갈 수가 없다.

　가족들이 달가워하지 않는다는 걸 알면서도, 그러면서도 나는 어김없이 잘 먹지도 않는 잼을 만들고 그 과정을 하나하나 찍어 올리겠지, 키와는 생각했다.

　딸기를 조릴 때 걷어낸 거품은 버리지 말고 모아두었다가 우유를 부어주면 딸기우유가 돼요, 라는 문장도 곁들이겠지. 인터넷으로 얻은 지식이면서 엄마나 할머니가 가르쳐 줬다는 양, 그런 걸 어릴 적부터 먹어왔다는 양 글을 쓰겠지.

　딸기 시럽 게시물에 곧장 '좋아요'를 눌러주는 팔로워들의 게시물에는 높은 확률로 '#정성스러운 삶'이나 '#삶 즐기기' 같은 해시태그가 달려 있었다. 키와는 다음부터 나도 그렇게 해야겠다고 생각했다. 색감 좋은 도시락. 도서관에서 빌린 책과 간식 사진. 돈이 드는 취미나 인간관계를 과시하는 것도 아니다. 인생을 즐기는 방법 중 이토록 소박하고 귀여운 방법이 또 있을까.

　삶 즐기기. 그럴듯한 말이다. 키와는 제 '삶'에 대체로 만족하고 있었다. 대체로는.

'애프터스쿨 가네'의 정체는 민간 돌봄센터인 모양이었다. 돌봄센터라면 시에서 총괄하는 아동 돌봄센터가 있다. 하루키도 2학년 때까지 그곳에 다녔다. 이용료는 아마 월 오천 엔 정도였던 것으로 기억한다.

민간이면 어떠려나. 어디선가 그렇게 속삭이는 소리가 새어 나왔다. 참관 수업 날의 교실은 혼란스럽다. 창문으로 들어오는 건 환한 빛과 급식 냄새. 가득 채워져 공기를 무겁게 만드는 건 학부모들의 향수며 섬유유연제 냄새. 먹물 냄새와 뽀얀 먼지와 아이들 특유의 체취와 여자아이들의 헤어 액세서리, 남자아이들 옷에 프린트된 복작복작한 그림, 산만한 아이들이 내는 소음과 담임 선생님이 내지르는 목소리와 학부모들의 잡담.

하루키는 맨 앞자리에 앉아 있었다. 저학년일 때는 몇 번이고 돌아보며 손을 흔들곤 했는데 지금은 이쪽을 거들떠도 보지 않는다.

참관일은 고역이었다. 누구에게도 말한 적은 없지만 운동회건 레크리에이션이건 되도록이면 참석하고 싶지 않았다.

하루키는 원체 목소리가 작다. 지렁이 기어 다니는 글씨밖에 못 쓰고 그림 그리기도 젬병이다. 대부분의 운동에 소질이 없고 연극에서는 대개 행인 같은 역할이 주어진다. 1학년 때부터 한결같이 비리비리한 말라깽이였고, 작년 스모 대회 때는 체격 좋은 여자애에게 나가떨어져 어이없게도 1회전에서 탈락하고 말았다.

우리 애가 활약할 기회 따위 없다는 걸 아는 곳에 어찌 가고픈 마음이 들겠는가.

이 초등학교는 아이들이 많던 1965년대에 근처 초등학교로부터 분교되는 형태로 생겨났다. 그러나 학생 수는 해가 갈수록 줄었고, 지금껏 한 학년에 두 반이었던 학급이 이번 연도부터 한 반이 되었다. 학생들과 학부모들이 빽빽이 들어찬 교실은 여유 공간이 적어서 선생님이 책상 사이를 지나다니는 것조차 버거워 보이는 느낌이었다.

키와는 누구와도 이야기하지 않고 앞을 보고 있었다. 이야기할 상대가 없는 것은 아니었다. 아이가 같은 초등학교를 3년이나 다니고 있으면 친구라 부르긴 뭣할지언정 알고 지내는 사이쯤은 될 수 있고, 누구하고든 무던하게 대화를 나눌 만한 사교성은 저절로 갖춰질 수밖에 없다. 하지만 적극적으로 말을 붙이고픈 상대는 없었다.

민간이라는 건, 하는 목소리에 키와는 귀를 기울였다. 이미 수업이 시작되었는데도 여기저기서 학부모들의 사담은 계속되고 있었다.

아이와 관련된 일을 돈벌이 수단으로 삼는다는 건데 좀 그렇지. 흐리멍덩한 웃음소리가 이어졌다. 얼굴을 돌렸다가 '좀 그렇지'의 발언자와 눈이 마주쳤다. 오카노 씨였다.

가볍게 고개를 숙이자 너무도 자연스럽게 눈을 피했다.

칠판 앞에서 담임 선생님이 두 손으로 손뼉을 쳤다. 자, 모두 조용히 합시다, 하는 목소리는 아이들에게라기보다 학부모들을 향한 것처럼 느껴졌다.

참관이 끝나고 학부모 간담회가 진행되었다. 참석 여부는 자유지만 4학년이 되고 처음 있는 간담회라 그런지 평소보다 참석률이 높은 듯했다. 책상을 'ㅁ' 자 모양으로 정렬하고 제각기 자리에 앉았다. 키와가 앉은 자리 정면에 오카노 씨가 앉아 있었다. 양옆을 차지한 야기 씨와 후쿠오카 씨는 흡사 시중 같았다. 여왕은 뾰족한 턱을 쳐들고 팔짱을 낀 채 선생님이 프린트를 나누어주는 모습을 쳐다보고 있었다.

선생님은 젊다. 20대인 건 확실하고, 새로 부임했거나 2, 3년 차 정도인 것으로 짐작된다.

"아이들에게 꿈과 희망을 주고 싶어 교사가 되었습니다"라고 시원시원하게 자기소개를 했다. 개학식 날 받은 학급 소식지에는 '취미 ♪ 배구'라고 쓰여 있었다. 취미와 배구 사이에 '♪'를 삽입하길 주저하지 않는 사람을 키와는 '건강하다'고 느꼈다. 선생님은 눈이 부실 만큼 예쁘고, 건강하다.

'사와베 아미'라는 이름에서도 젊음이 느껴진다.

선생님이 무슨 말을 할 때마다 오카노 씨는 고개를 끄덕였다. 입꼬리는 부드럽게 올라가 있었다.

그 사람, 엄마들 사이에서 우두머리처럼 구는 거지? 예전에 오카노 씨 이야길 했을 때 여동생이 그런 말을 했다. 동생이 말한 '우두머리'는 정말이지 드세 보이는, 불도저 같은 사람을 연상시켰으므로 그런 게 아니라니까, 라고 강하게 부정했던 기억이 난다.

동생에게는 키와가 오카노 씨를 감싸는 것처럼 보였던 모양이다. 언니는 그래서 문제야, 하며 불만스러운 듯 콧방귀를 뀌었다. 그래서 무시당하는 거야, 라는 말까진 하지 않았지만.

하지만 오카노 씨는 정말로 '그런 게 아닌' 것이다. 태도는 너무도 상냥하고 말씨는 늘 그림책을 읽어주기라도 하는 듯 온화하다.

말하는 내용 또한 결코 공격적이지 않다. "좀 그렇죠"라든가 "어쩌려나요?"라며 고개를 갸웃거릴 뿐이고, 나머지는 주위 사람들에게 내맡긴다. 그런 일이 가능하기에 여왕인 것이다.

아까부터 시중들의 시선이 흘끔흘끔 이쪽을 향하고 있다는 걸 키와는 이미 한참 전부터 눈치채고 있었다. 입가에 의미심장한 미소를 머금고 있다는 것도.

키와의 왼편에는 싱글대디인 쓰츠미 씨가 앉아 있었다. 쓰츠미 씨의 아이는 소위 ADHD라 불리는 학생이었다.

오른쪽 옆 옆에는 요시미 씨가 있었다. 대화해본 적도 없고 그녀에 대해서는 잘 모르지만 급식비를 못 낼 만큼 어렵다는 소문을 들은 적이 있다. 남편에게 가정 폭력을 당한다는 이야기도 들었다. 음울한 분위기에 등을 구부린 모습은 조금 전 수업을 받던 그녀의 딸과 꼭 닮아 있었다.

오카노 씨와 시중들은 쓰츠미 씨나 요시미 씨를 보고 있는 거라고 믿기로 했다. 하루키는 뛰어난 애는 아니지만 문제아까지는 아닐 터였다. 그러니 괜찮다. 괜찮다. 눈을 내리깔고 이 시간을 견뎠다.

저쪽 편과 이쪽 편.

자신이 'ㅁ' 자로 맞붙인 책상 저쪽 편에 앉는 일은 없으리란 걸, 키와는 알고 있었다.

오카노 씨의 SNS 아이디에는 무슨 날짜와 함께 'apple'이라는 단어가 들어가 있다. 야기 씨는 'chocolat'이고 후쿠오카 씨는 'kitty'다. 전부 익명이지만 대화 내용과 사진으로 그녀들임을 손쉽게 특정할 수 있었다.

그 선생님, 좀 그렇지 않아? 그 카페, 또 같이 가자. 다음

엔 셋이서만(하트 이모티콘). 지난번에 수영 끝나고서 ○○ 씨한테 붙잡혔잖아(눈물 흘리며 웃는 노란 얼굴 이모티콘). 그나저나 반이 하나면 학생 수가 너무 많은 거 아냐(넌더리 난다는 표정의 노란 얼굴 이모티콘)? 그 선생님, 애들 이름 절대 다 못 외웠을걸(땀 이모티콘).

사과, 쇼콜라, 새끼 고양이. 사랑스러운 이름이 내뱉는 왁자지껄한 말들은 독을 잔뜩 머금고 있었다. 닿은 곳에서부터 문드러질 것만 같아 무의식적으로 자꾸 치마 무릎에 손가락 끝을 비비댔다.

문드러질 것 같다고 겁을 내면서도 키와의 손가락은 또다시 스마트폰 화면을 스크롤했다.

그녀들은 여기서도 '애프터스쿨 가네' 이야기를 하고 있었다.

민간이면 돈이 목적이라는 거잖아. 돈이 목적인 사람한테 아이를 맡기기는 좀 그렇지 않나 싶어, 라는 kitty의 댓글을 읽었을 때 휴식 시간이 이미 한참 전에 끝난 사실을 알아챘다.

스마트폰을 토트백 안에 던져 넣고 종종걸음으로 휴게실을 나왔다. 벽을 향해 컴퓨터 책상이 죽 늘어선 업무실에는 창문이 없다. 이미 자리에 앉아 일을 시작한 사람은 80퍼센트 정도였다. 다행이다, 나만 지각한 게 아니구나, 가슴을 쓸어내렸다.

댓글 관리라는 파트타임 구인을 보았을 땐 편한 일이겠거니 생각했다. 평판 사이트에 적힌 리뷰에 악성 댓글 등이 섞여 있지 않은지 체크하기만 할 뿐. 시급은 천 엔. 이전에는 푸드코트에서 일했고, 푸드코트 전에는 공장에서 단기 알바로 분류 작업을 했었다.

그저 컴퓨터 앞에 앉아 남이 쓴 문장을 읽기만 하면 된다니 이보다 더 편한 일은 없으리라 생각했지만, 실상은 체크한 건수가 적으면 주임에게 싫은 소리를 듣는 데다 창문도 없는 방에 온종일 앉아만 있는 것도 예상외로 기분을 울적하게 만드는 일이었다. 악성 댓글보다도 관심도 없는 이야길 주저리주저리 늘어놓은 음식점 리뷰 따위를 읽는 게 고역이었다. 본인 일기장에나 갖다 적으라고 한마디 해주고 싶은 기분이 들곤 했다.

장래 희망은 어린이집 선생님입니다, 라고 초등학교 졸업 문집에 적었었다. 강한 동경심을 품은 건 아니었지만 자신이 적은 말에 이끌려가다시피 고등학교, 전문대로 진로를 선택했고, 실제로 보육 교사가 되어 2년 정도 근무했다. 결혼하기 전 이야기다. 그런데 이제는 어린이집처럼 가혹한 직장으로는 더 이상 못 돌아가리란 생각이 든다. 자신처럼 '애들은 참 귀여워' 정도의 알량한 마음을 지닌 인간이 감당해낼 만한, 만만한 일이 아니었다.

어머니 생신이셔서 이 카페를 예약했는데요, 운운하는 흥미 없는 글을 읽으며 키와의 의식은 다시금 오카노 씨의 SNS로 되돌아왔다. 그 선생님이란 사와베 아미 선생님일 거고, '○○ 씨'는 분명 학부모 중 한 사람일 것이다.

또다시 누군가가 그녀들 무리로부터 떨어져 나온다. 그 카페에 다음엔 셋이서만, 이라고 쓰여 있었으므로.

하루키가 1학년일 때 오카노 씨 무리와 몇 번 차를 마신 적이 있다. 입학식 때 앞뒤 자리에 앉게 되어 연락처를 교환한 것이었다. 이대로라면 그녀들 무리에 낄 수 있으려나, 하는 막연한 기대를 품고 있었다.

오카노 씨의 딸이 다니는 영어 학원을 추천받아 체험 수업에도 참가했었다.

번쩍번쩍 빛이 나는 학원이었다. 알록달록한 간판과 활기찬 강사의 미소가 눈부셨다. 실내인데도 인공 잔디가 깔려 있었다. 춤을 추거나 리듬 게임을 하며 영어를 배운다는 콘셉트였는데, 하루키는 체험 수업이 진행되는 한 시간 동안 아무리 부추겨도 말 한마디 하지 않았고, 꼼짝 않고 선 채로 고개만 떨구고 있었다. 수업료도 입회비도 경악스러우리만치 비쌌다.

저희는 어렵겠어요. 그렇게 말하자 오카노 씨의 뺨에서

쓱 표정이 사라졌다.

"아, 그러세요."

획 고개를 돌리더니 그 후로는 학교 행사 때 마주쳐도 인사를 받아주지 않았다.

어떻게 해야 했던 걸까, 늘 생각한다. 떨떠름해하는 하루키를 질질 끌고 가서라도 그 학원에 보냈어야 하는 걸까. 알뜰살뜰 살림을 꾸려 그 영어 학원에 보낼 비용을 마련했더라면. 그랬더라면 나는 저쪽 편으로 갈 수 있었을까.

그녀들을 좋아하는 마음은 손톱만큼도 없다. 잘 지내고픈 생각도 없다. 그럼에도 여전히 '저쪽 편'은, 밝고 눈부시다.

텔레비전 켜놓는 건 여전하구나.

본가에 들어서서 제일 먼저 그 생각을 했다. 지난번 왔을 때도 똑같은 생각을 했던 것 같다. 본가의 텔레비전은 하루 온종일 켜져 있다. 집에 사람이 없을 때도 줄곧.

이 집에서 나고 자랐다. 다다미방 미닫이문의 그림도 찬장에 진열된 그릇과 유리잔도 온통 다 친숙한 것들이건만 생판 남의 집에 갔을 때보다도 더 키와를 불편하게 만든다. 집 안에 있는 모든 것들이 여긴 이제 너희 집이 아니라고 주장하는 듯한 느낌이다.

그런데도 한 달에 한 번은 이곳에 온다. 예전에 엄마에게 전화로 '같은 시내에 살면서 코빼기도 안 비친다'는 쓴소리를 듣고부터는 거르지 않고 찾아오게 되었다.

아빠는 정년퇴직하자마자 임시직으로 근무하기 시작해 낮 동안은 집에 없다. 엄마는 예전에 근처 세탁소에서 파트타임 일을 했지만 요 몇 년은 만사가 다 귀찮다며 집에만 붙어 있는다.

엄마는 고타쓰(나무 탁자에 이불이나 담요를 덮은 난방 기구— 옮긴이)에 팔꿈치를 괴고 정보 프로그램을 보고 있었다. 혹은 보지 않고 있었다. 그저 멍하니, 주어지는 정보를 받아들이고 또다시 흘려보낼 뿐인 장치처럼 그곳에 있었다.

원래는 약간 신경질적으로 느껴질 만큼 깔끔한 사람이었다. 집 안은 늘 가지런히 정돈돼 있었다. 그런데 요즘은 엉덩이가 많이 무거워졌다. 키와가 머무는 몇 시간 동안 단 한 번의 움직임 없이 같은 자리에 앉아 있는 경우도 수두룩했다.

본가에서는 봄이나 여름이나 탁자 대신 고타쓰를 사용한다. 고타쓰 다리에는 동생이 어릴 적 붙인 고양이 스티커가 그대로 남아 있다.

"저 여배우, 인기 많니?"

엄마가 화면 속 여배우를 가리켰다. 드라마 홍보 차 게스트로 출연한 모양이었다. 지난번 본 영화에 나오더라, 그 영화는, 하고 줄거리를 말하려던 키와의 목소리는 엄마의 "별로 미인은 아니네" 하는 입속말에 가로막혔다.

엄마는 꼭 이런 식으로 남의 외모를 두고 함부로 말하곤 한다. 뚱뚱하다느니 말랐다느니 늙었다느니 성형했다느니 하고. 같이 살 때는 그냥 그런가 보다 하고 넘어갔는데 오랜만에 들으니 역시 그 무신경함에 경악하게 된다.

"이 사람은? 알아?"

엄마가 이번에는 여성 해설가를 가리켰다. 화면 밑 자막에 '저널리스트'라고 쓰여 있었다. 저서명 외에 '1남 1녀의 엄마'라고도. 이내 남성 해설가로 화면이 전환되었는데 남성의 가족 유무에 대해서는 쓰여 있지 않았다.

엄마는 저널리스트 여성의 외모에 대해서도 언급했다. 코가 크다는 둥 살이 쪘다는 둥.

"저 사람은 생긴 건 저래도 결혼도 하고 애도 있고, 부지런히 활약하는 거 보면 대단하네."

그렇게 말하며 엄마가 탁자 위에 놓인 상자에서 마들렌을 집었다. 키와가 구워 온 것이었다.

"접시 가져올게."

"됐어. 이대로 먹으련다."

마들렌을 한 입 베어 물자 부스러기들이 무릎 위로 떨어졌다. 하지만 엄마는 알아채지 못했다.

"버터가 좀 많네."

"……그치, 마들렌이니까."

말하면서 엄마가 키와 쪽을 보는 일은 거의 없다. 하루키나 키와의 남편이 어떻게 지내는지도 묻지 않는다. 제 딸에게 이렇게까지 관심이 없으면서 집에 안 오느냐는 불평을 한다.

엄마는 내가 보고 싶은 게 아니구나, 하고 입안에서 웅얼거렸다. 그러자 속에서 짜증스러운 거품이 버글버글 끓어올랐다. 이 사람은 그저 '딸에게 대접받지 못하는 엄마'로 사는 게 싫을 뿐이구나.

그런 엄마가 하라는 대로 여길 달마다 오고 있다는 사실을 생각하자 더욱더 끓어올랐다. 매정한 딸이라고 손가락질당하는 것. 그걸 피하기 위해서라면 한 달에 한 번 여길 찾아오는 것쯤은 별일도 아니지 않냐며 스스로를 타일러온 내가 훨씬 더 한심하다, 라는 거품은 영영 사그라들 줄을 몰랐다.

"일하고 육아하고 집안일 하면 대단한 건가."

말하면서 키와는 카펫을 보고 있었다. 그곳에 떨어진, 더이상 음식물이 아닌 티끌이 되고 만 것들을 보고 있었다. 이상하다는 생각이 들지만 그 이상함을 말로 표현할 방법을 키와는 알지 못했다.

몇 년 전 '모든 여성이 활약하는 사회'란 말을 보았을 때 느낀, 뭐라 형언할 수 없는 그 지긋지긋한 기분. 공부며 일이며, 결혼과 출산과 육아와 가사와 그 외 기타 등등. 이것저것 죄다 짊어진 것도 모자라 '활약'까지 목표해야 하나 싶어 망연자실했었다.

"대단해, 대단해, 치켜세우면서 여자한테 뭐든 다 짊어지우려는 느낌이야."

"그건 능력 있는 여자들 얘기지. 너하곤 차원이 다른, 선택받은 여자들 얘기. 키와는 평범하게 태어나서 다행이야. 속 편하잖니."

아무도 너한테 기대하지 않아. 엄마의 입버릇이었다. 키와의 같은 반 친구 엄마 앞에서는 누구는 공부를 잘해서 좋겠어요, 우리 애는 영 틀려먹어서, 하며 웃어대고, 집에 와서는 뭐든 적당히 하는 게 최고야, 여자애잖아, 라고 말했다. 네가 애써봐야 얼마나 잘되겠니, 라고.

애써봐야 얼마나 잘되겠어. 너처럼 평범한 애는 어차피 대통령도 우주 비행사도 못 되고 노벨상도 못 탈 텐데. 그나마 남들한테 이쁨받으려면 항상 생글생글, 불평불만 말고 분수에 맞는 행복을 소중히 여겨야 한단다.

자리에서 일어나 찬장에서 접시를 꺼냈다. "설거지거리 느니까 됐대도"라는 엄마의 성가신 목소리가 등 뒤에 돌멩

이처럼 날아와 박혔다.

'애프터스쿨 가네'의 간판이 걸린 지 2주가 지나자 아이들 웃음소리가 들려왔다.

빌딩 2층이지만 아무나 들어갈 수 있어 보안적인 측면에서 걱정스럽다는 비난의 목소리도 들려왔다. 이용료를 내지 않은 아이들도 놀러 갈 수 있는 모양이었다. 아이를 데리고 소아과 진료를 본 아파트 이웃 주민은 '2층에서 쿵쿵, 씨름이라도 하는 듯한 소리가 났다'며 투덜거렸다.

가나토빌딩 부지에는 정원이 있어서 가나토소아과 대기실의 커다란 창문으로 그 풍경이 내다보인다. 언제나 깨끗이 다듬어져 있는 잔디는 구석에 설치된 하얀색 벤치와 뚜렷한 대비를 이룬다.

전나무가 한 그루 심겨 있고 12월이면 거기에 전구를 장식한다. 키와는 일을 마치고 돌아오는 길, 그 전나무에 웬 나무 팻말 몇 개가 달려 있음을 깨달았다.

가로세로 5, 6센티미터 정도 될 법한, 네모난 모양의 나무 팻말이었다. 송곳으로 뚫은 위쪽 구멍에 털실을 통과시켜 가지에 걸어놓은 것이었다. 전나무는 소아과 입구 근처, 인도 정면에 서 있다. 부지 안으로 들어가지 않고도 키와는 그 나무를 볼 수 있었다. 유성펜으로 '아이돌이 되고 싶어', '자

유형 속도가 빨라지길' 등이 적혀 있는 걸 보면 소원 팻말 같은 건가. 그러나 게임 캐릭터만 그려진 팻말도 있는가 하면 '초밥'이라는 단어 하나만 쓰인 것도 있었다.

영문을 모르겠다, 생각하며 고개를 들었다가 가장 높은 곳에 매달린 팻말이 눈에 들어왔다.

흐늘흐늘한 글씨로 '이런 데 있기 싫어'라고 적혀 있었다. 하루키의 글씨체를 쏙 빼닮아 있었다.

하루키가 시의 아동 돌봄센터를 관둔 건 2학년 2학기였다. 방과 후에 센터로 가지 않고 자꾸 집으로 돌아오기에 이유를 물었더니 '고학년 여자애가 맨날 발로 걷어차서 가기 싫다'는 것이었다. 집에 혼자 둘 수는 없다고 누누이 타일렀지만 하루키는 어김없이 집으로 돌아왔다.

선생님과 상담해야겠다고 남편에게 이야기했다가 그러지 말라는 소리를 들었다.

"상대는 여자애잖아. 걔도 참 한심하긴."

한씸하긴, 이라고 들리는 어딘가 괴상한 발음이었다. 우리 때는 걷어차이면 상대가 여자든 뭐든 그대로 갚아줬어, 라고도 했다.

남편은 곧잘 '우리 때' 이야길 한다. 우리 어렸을 때, 게임은 하루 한 시간으로 정해져 있었어. 공원에 가면 누가 꼭 있어서 어둑어둑해질 때까지 같이 놀았어.

'우리'가 누구와 누구를 말하는 것인지 아직껏 모르겠다. 키와가 포함되지 않는다는 사실은 분명하지만.

우리 어렸을 때는 부모님이 설거지나 욕조 청소 같은 건 매일매일 시켰고, 젓가락질이나 식사 예절 같은 건 아주 엄하게 가르쳤지. 그러는 남편은 식사 중에 스마트폰을 만지작대고, 설거지는 키와가 감기로 앓아누워 있을 때밖에 하지 않는다.

어쨌건 하루키는 아동 돌봄센터를 관두었다. 처음에는 집에 혼자 있을 하루키가 걱정돼 동생에게 보고 와달라고 부탁하곤 했는데 3학년이 되고부터는 그러지도 않게 되었다. 하루키는 혼자서도 아무 문제 없었고, 동생에게 과잉보호 취급을 받기도 했으므로.

동생의 아이는 초등학교 6학년이 된다. 결혼도 출산도 동생이 더 빨랐다. 엄마와 동생은 닮은 구석이 많다. 외모도, 하는 말도. 서른이 넘을 무렵부터 갈수록 더 비슷해지고 있다.

요즘 하루키는 방과 후에 학교 안(아마도 교실이나 도서실)에서 숙제를 끝마친 뒤 친구들과 놀다가 집으로 돌아온다. 봄여름은 다섯 시 반, 가을겨울은 다섯 시인 통금 시간도 어긴 적이 없다. 키즈폰도 가지고 있다.

지나친 간섭도 좋지 않으니까. 지혜로운 부모인 양 그 말을 내뱉으면 외면한 채 살아갈 수 있었다. 아들을 이해하기가 점점 어려워지고 있다는 사실을.

태어나기 전 키와와 하루키는 가까웠다. 둥글게 부푼 제 배를 통통 두드리면 곧장 자궁벽을 차곤 했다. 단순한 반사 행동임을 알면서도 기뻤다. 하루키, 하루키, 하고 몇 번이고 불렀다. 성별은 듣지 못했지만 남자건 여자건 '하루키'라는 이름을 붙이기로 마음먹고 있었다.

눈이 말똥말똥하고 살갗이 뽀얀 아기였다. 아기띠를 매고 돌아다니고 있으면 많은 사람(주로 중년 여성)들이 들여다보곤 했다.

귀여워라. 남자애? 여자애? 모유? 분유? 천 기저귀? 일회용 기저귀? 성가시다는 생각은 들지 않았다. 잘 보살펴주렴, 이라는 잘 생각해보면 참으로 쓸데없는 말참견을 들으면서도 당시는 그리 신경 쓰이지 않았다. 누가 들여다보든 하루키의 눈은 늘 키와의 움직임을 쫓았다. 그게 무엇보다도 자랑스러웠다. 사랑스러워도 너무 사랑스러운 내 아들.

여자아이로 오해받는 일이 잦았다. 착각한 사람은 대부분 하도 예쁘길래, 라는 변명을 했다. 에이, 아니에요, 하고 겸손을 차리면서도 속으로는 그렇죠? 하며 수긍하곤 했다. 팔불출 같은 게 아니다. 하루키는 진정 예쁜 아이였던 것이다.

"하루키, 최근에 생긴 '애프터스쿨 가네'라는 곳에 멋대로 드나들고 있나 봐."

하루키가 목욕 중인 타이밍을 틈타 남편과 상의하기로 했다. 건성으로만 대답할 걸 알지만 부부에게는 아이 일을 공유할 의무가 있다고 키와는 생각한다. 남편은 "엉" 하는 소리를 흘렸다. 시선은 가까이 둔 스마트폰 화면에서 요만큼도 벗어나지 않았다.

"민간 돌봄센터가 최근에 생겼어."

"엉."

"그런 데 멋대로 드나드는 건 문제가 있다고 봐."

스마트폰의 작은 화면 속에서 여자가 춤추고 있었다. 제 집으로 보이는 배경. 연예인도 아닌 여자가 딱히 잘 추지도 않는 춤을 선보이는 영상의, 대체 어느 부분이 남편의 흥미를 끄는 것인지 키와는 도무지 알 수 없었다. 민스 커틀릿을 집은 젓가락은 허공에 정지한 채였다. 언제나 정신이 팔린 상태로 식사를 하므로 공들인 요리를 내놓든 사 온 반찬을 접시에 그대로 담아 내놓든 맛있다는 반응도 맛없다는 반응도 하지 않는다.

키와는 남편과 대화하길 포기하고 부엌에서 설거지를 마저 했다. 이 아파트를 구입하기로 결정했을 때는 대면형 주방인 점이 마음에 들었다. 가족들 모습을 보며 요리할 수 있겠다는 생각으로 식탁을 주방 카운터와 맞붙였는데, 식사

하는 남편을 바라보며 설거지하는 일이 지금은 은근히 고통스럽다.

되도록 시야에 들어오지 않게끔 고개를 숙였다. 지난번 새로 산 빨간 수세미가 벌써 해져가고 있었다. 거품이 잘 일지 않아 답답해하면서 세제를 더했다. 손안에서 꾹 짜부라뜨리자 수세미는 바짝 조린 딸기처럼 허무하게 형태를 바꾸었다.

목에 수건을 두른 하루키가 거실에 나타났다. 아빠에게도 엄마에게도 눈길을 주지 않고 곧장 냉장고로 향했다.

어머, 벌써 다 씻었어?

하루키, 너 학교 끝나고 뭘 하고 다니는 거니?

샴푸 잘 헹궜어? 방과 후에 어디서 뭘 하고 다니는 거야?

물기 제대로 닦았어? 대체 무슨 생각인 거니?

하고 싶은 말은 많은데, 지금 해야 할 말과 해서는 안 될 것만 같은 말을 신중히 골라내는 사이 목이 메었다.

내 목소리. 키와는 생각했다. 자꾸만 삼키는 사이 깊숙이 숨어버려서 바로바로 나오지 않는다. 이미 사라져버렸는지도 모른다.

냉장고에서 꺼낸 페트병 생수를 들고 하루키는 부엌을 떠났다. 거실에 놓인 커다란 소파는 거기 드러누운 하루키의 모습을 꼭꼭 감춰버렸다.

멀다는 생각이 들었다. 너무도 멀다.

하루키가 분홍색 손수건을 갖고 싶어 했던 건 1학년 때였다. 2학년이었을지도 모른다. 시기에 대한 기억은 모호하다.

나 이거 갖고 싶어. 하루키는 웬일인지 단호한 어조로 말하며 손수건을 내밀었다. 저렴한 옷가게 안 잡화 코너에 진열돼 있었으므로 그리 비싼 제품은 아니었다. 분홍색 바탕에 흰색 물방울무늬가 찍혀 있는 줄 알았는데 자세히 보니 딸기 무늬였다.

"그건 여자아이용이야."

같은 선반에 진열돼 있던 공룡 무늬와 밀리터리 무늬 손수건, 가게 안을 흐르던 곡도 생각이 나는데 '여자아이용'이라는 설명에 하루키가 쉽사리 납득했는지 어쨌는지는 조금도 기억나지 않는다. 키와의 말을 어떤 표정으로 듣고 있었는지도.

그걸 잊어버리고 있는 게, 하루키와 자신이 이토록 멀어지게 된 원인 중 하나인 것 같다는 생각이 자꾸만 들었다.

닳아 해진 수세미로 소리가 날 만큼 힘주어 그릇을 문질렀다. 젓가락에서 민스 커틀릿을 툭 떨어뜨린 남편의 모습이 시야 끝에 걸렸다.

'애프터스쿨 가네'의 이용자가 조금씩 늘어갔다.

가나토 집안의 둘째 아들은 날마다 초등학교 교문 앞으로 아이들을 데리러 오는 모양이었다. 처음에는 한두 명이었다는데 키와가 목격했을 때는 다섯 명으로 늘어 있었다. 가나토 집안의 둘째 아들을 앞세워 줄줄이 걸어가는 모습은 하멜른의 피리 부는 사나이를 연상케 했다.

가나토 집안 둘째 아들의 이름은 가나메라고 한다. 리에는 갓치라고 부르곤 했다. 내 동생, 이름이 왠지 성 같지? 오빠 이름도 겐이고, 라는 이야길 했던 게 얼마 전 뜬금없이 생각났다.

뜬금없을 것도 없었다. 요새는 앉으나 서나 '애프터스쿨 가네' 생각뿐이라 가나토 집안과 관련된 이런저런 옛 기억이 새록새록 되살아나는 것이었다. 둘째 아들의 이름 외에도 여러 가지 것들이.

이를테면 초등학생일 적 리에에게 벌어진 일이라든가.

일을 마치고 밖으로 나오니 비가 내리고 있었다. 접이식 우산을 펼치자 희미하게 곰팡내가 났다. 지난번 사용하고 제대로 말리지 않은 탓이었다.

아직 5월인데도 매일이 여름처럼 더웠다. 걷다 보면 이마에 땀이 맺혔다.

날은 덥고, 우산은 작아 가방이 젖고, 냄새는 한없이 고약해서 기분이 점점 울적해졌다. 얼굴을 드니 어느새 '애프터스쿨 가네' 근처까지 와 있었다.

발돋움해 울타리 너머로 정원을 들여다보았다. 얼마 전 엿보았을 때는 노는 아이들이 있었는데 오늘은 비가 오는 탓인지 아무도 없었다. 2층 창문에서 뭔가가 움직인 느낌이 들었다. 저 안에, 어쩌면 하루키가 있을지도 몰랐다.

이런 데 있기 싫어.

그건 역시 하루키가 쓴 게 맞는 걸까. 이런 데란 학교를 말하는 걸까. 무슨 힘든 일이라도 있는 걸까. 아니면 집을 말하는 건가. 가정 환경에 대한 불만이라도 있는 것일까. 알고 싶었다. 알고 싶지 않기도 했다. 양극단의 감정이지만, 목구멍 안쪽에서 같은 밀도로 치밀어 올랐다.

"저기."

등 뒤에서 목소리가 들려와 펄쩍 뛰어오를 뻔했다. 뒤돌아보니 가나토 집안의 둘째 아들이 서 있었다.

세찬 비는 아니지만 가랑비도 아니었다. 그런데 둘째 아들, 즉 가나토 가나메는 우산을 쓰지 않고 있었다. 조금 길지만 어깨에는 안 닿을 길이의 머리칼이 젖어 이마에 달라붙어 있었다.

뭐 도와드릴까요? 하고 가나토 가나메는 말했다. 울타리 너머로 정원을 엿보는, 수상쩍은 행위를 하고 있던 키와에게.

리에, 라는 말이 순간적으로 나왔다.

"리에 동생분이시죠?"

누나의 초중학교 동창이란 말을 듣고도 가나토 가나메는 "아아" 하는 무딘 반응만 보였다. 젖은 긴소매 티셔츠가 달라붙어 얇은 가슴팍이 두드러졌다.

"저기, 비 오는데요."

키와의 말에 이제야 알았다는 듯 하늘을 올려다보았다. 빗방울이 흰 뺨을 때렸다.

"아아, 비."

오네요, 하며 천천히 끄덕였다.

"우산 없으세요?"

"우산."

멍하니 따라 말하는 가나토 가나메를 향해 "네, 우산" 하고 초조히 되물었다. 저보다 나이가 어린 남성은 모두 못 미더운 어린애처럼 보인다. 하루키를 낳고부터 그렇게 되었다. 아아, 하고 가나토 가나메는 그제야 끄덕였다.

"우산은 없어도 괜찮아요. 젖더라도 닦으면 되니까요."

철없는 소리를 하는 남자다.

"저기, 저희 아들이 여길 멋대로 드나들고 있지 않나요?"

사카구치 하루키, 4학년이에요, 여기 오는 거 맞죠? 저 나무에 걸려 있던 팻말을 봤어요, 그건 아들 글씨체거든요, 하고 키와가 조금씩 다가붙자 가나토 가나메는 한 발 뒤로 물러섰다. 물웅덩이를 피하는 듯한 자연스러운 동작이지만 키와에게서 거리를 두려 하고 있음이 분명했다.

"글쎄요, 오는 애들이 많아서."

"오는 애들이 많아서라뇨…… 여긴 민간 돌봄센터잖아요. 보안적인 측면에서 그래도 괜찮은 거예요?"

누군가의 말을, 깊이 생각해보지도 않고 혀 위에 올린 사실은 자각하고 있었다. 하지만 그걸 부끄러이 여길 객관성은 일단 제쳐두기로 했다.

아아, 음, 뭐, 하며 가나토 가나메는 집게손가락으로 관자놀이를 긁적였다.

"비교적 느슨하게 하고 있어서요, 저희는."

느슨하게. 느슨하게라니. 순간 목소리가 나오지 않았다. 남의 집 아이를 맡으면서 '느슨하게'라면 곤란하지 않은가. 책임, 책임, 책임. 보육 교사로 일하는 동안 수백 번, 수천 번 퍼부어졌던 단어가 되살아났다. 뺨과 귓불이 열을 띠었다. 그 모양이니까, 라는 말을 저도 모르게 내뱉고 있었다.

"그 모양이니까 뒤에서 이러니저러니 수군거리죠."

"어, 그렇게들 수군거려요? 뭐라던가요?"

되묻는 가나토 가나메는 도리어 흥미롭다는 듯 눈을 반짝였다.

자신이 보고 들은 '애프터스쿨 가네'에 대한 험담 하나하나를 떠오르는 대로 늘어놓고 싶었다.

가나토 가나메의 무엇이 저를 이토록 곤두서게 만드는 것인지 키와는 알 수 없었다. 둔한 건지 초연한 건지 모를 이 눈앞의 남자가 동요하는 모습을 보고 싶었다.

보고 싶다. 보고 싶다. 몸이 후들거릴 만큼 바랐다. 뿜어져 나온 땀이 등허리를 타고 내렸다. 우산에서 풍기는 곰팡내. 지나가는 사람들의 노골적인 시선. 뒷담화. 뒷담화에 귀를 곤두세우는 나. 익명의 계정을 특정해 대화를 쫓아가는 나.

이런 데 있기 싫어.

나 역시 이런 데 있기 싫다. 있기 싫었다.

애써봐야 얼마나 잘되겠느냐는 말 따위, 실은 듣고 싶지 않았다.

"남 보고 이러니저러니 수군대는 사람은."

가나토 가나메는 젖은 앞머리를 손가락으로 털었다.

이러니저러니 수군대는 사람은 이러니저러니 수군대고 픈 사람인지라 남이 뭘 하든 이러니저러니 수군댈 것이고, 이러니저러니 수군대지 않도록 자신의 행동을 제한하는 건 무가치한 일이다, 라는 어물어물한 설명을 듣고 있는 사이 우산을 든 손에서 힘이 점차 빠져나갔다. 이 물렁물렁한 남자의 목소리를 듣고 있으니 자신이 진지한 이야기를 하는 게 어리석게 느껴졌다.

"가나메 선생님."

시야 한구석 나직한 위치에서 빨간색이 흔들렸다. 우산이었다. 어린이용 우산.

"왜 그래, 마미?"

우산을 쓴 여자애는 1, 2학년쯤 되었을까. 있잖아요, 하며 가나토 가나메의 소매를 잡아당기고 있었다.

"마미, 약속한 거 기억나?"

여자애는 가나토 가나메의 티셔츠 자락만 만지작거리며 왠지 모르게 싱긋대고 있었다. 여자애의 입에서 "허락 없이 밖을 나오지 말 것"이라는 말을 끌어낼 때까지 가나토 가나메는 같은 자세로 꼼짝 않고 있었다.

키와 역시 어찌할 바를 몰라 그 둘을 묵묵히 지켜보고 있었다. 조금 놀라기도 했다. 자신이라면 이럴 때 냅다 "밖으로 나오면 안 돼"라고 말해버렸으리라. 아이 스스로 정답을 말하게 하는 건 바람직한 일이지만 아무리 그래도 이런 식으로는 못 기다린다. 직장에서든 가정에서든.

"맞아. 잘 기억하고 있네. 그럼 안으로 들어가자."

자리를 뜰 때 가나토 가나메는 키와 쪽으로 머리를 숙였다. 몇 걸음 걸어가다 갑자기 뒤를 돌아보았다.

"아드님이라고 하셨죠. 다음에 안으로 들어오셔서 있는지 없는지 직접 확인하시면 어때요?"

가나토 가나메의 집게손가락이 2층 창문을 향했다.

"가볍게 차 한잔하러 오셔도 되고요."

"차는 무슨."

애들을 맡는 거잖아요, 모르는 어른을 그렇게 선뜻 들였다가는 보안적인 측면에서, 라고 물고 늘어지는 키와에게 가나토 가나메가 엷은 웃음을 지었다.

"모르는 어른이 아니잖아요."

"네?"

"리에 누나 친구분이시라면서요. 게다가."

'마미'가 팔을 잡아끈 탓에 '게다가'의 뒷말은 불안정하게 흔들렸다. 그럼에도 키와에게는 또렷이 들렸다. 둘의 모습이 빌딩 안으로 빨려 들어가는 걸 키와는 멀거니 선 채 바라보고 있었다.

게다가, 그쪽한테도 여기가 필요한 것 같고요. 가나토 가나메는 분명 그렇게 말했다. 우산에서 굴러떨어지는 물방울이 팔꿈치를 하염없이 흔들었다.

사실 조금 전, 당신이 돌봄센터를 차린 이유는 리에가 겪은 일 때문이냐고 물을 작정이었다. 묻지 못해 천만다행이었다. 무례하기 짝이 없는 질문이므로.

가나토 집안 자택에 괴한이 난입하는 사건이 벌어진 건

키와가 중학교 입학을 앞둔 봄 방학이었다. 창문 유리가 깨지면서 리에는 팔에 가벼운 상처를 입었다. 집에는 리에 혼자였다고 한다. 다행히 집 근처를 지나던 행인이 비명소리를 듣고 신고한 덕에 더 큰 피해는 면했다는 이야길 엄마에게서 들었다.

달아난 괴한은 그 후 얼마 지나지 않아 체포되었다.

남자는 하굣길에 리에를 발견한 후로 매일같이 뒤쫓아 다니며 접촉할 기회를 노린 모양이었다.

그 애, 옷차림이 눈에 띄잖아.

그 애를 집에 혼자 둔 게 잘못이지, 여자애인데.

그 애, 머리도 길고 공주님 같으니까.

사람들은 마치 리에와 그 가족에게 원인이 있다는 듯 숙덕거렸다.

중학교 입학식 날, 리에는 머리를 남자애처럼 짧게 자르고 나타나 모두를 놀라게 했다. 졸업할 때까지 내내 그대로였다. 본인의 의사인지 어떤지는 아직껏 모르겠다.

어느덧 비가 멎어 있었다. 구름이 걷히고 햇빛이 들었다. 여기저기 생긴 물웅덩이에 빛이 반사되어 눈이 아팠다.

눈을 꾹 감고, 나는 왜 그때 '이상하다'고 말하지 못했을까, 키와는 생각했다. 그때. 피해자인 리에의 잘못인 것처럼 말하는 건 이상해, 라고. 어쩌면 이상하다고 느끼지조차 못

했는지 모른다. 그렇구나, 저렇게 공주님같이 하고 다니면 안 되는 거구나, 하고 어른들이 하는 말을 씹고 맛보지도 않고 통째로 집어삼켰다.

눈을 뜨니 길 건너편에 하루키의 모습이 보였다. 책가방을 멘 걸 보면 여태 학교에 있었던 모양이다.

지팡이 짚듯 우산으로 아스팔트를 두드리며 느릿느릿 걷고 있었다. 큰 목소리로 이름을 불러보았다. 하루키는 곧장 알아채고 이쪽을 향해 손을 흔들었다.

전에도 이렇게 밖에서 발견한 적이 있었다. 그때는 말을 걸려다 관두었다. 남편이 예전에 '초등학교 때는 밖에서 엄마와 함께 있는 모습을 들키고 싶지 않았다'고 했으므로, '남자애들은 다 그렇다'고 단언했으므로 주춤하고 말았다. 남자애들 대부분이 아니라 다름 아닌 하루키 본인의 생각이 어떤지는 확인해볼 생각도 못 했다.

횡단보도를 건너 하루키가 다가왔다. 다녀왔습니다. 잘 다녀왔어? 잘 다녀왔어? 다녀왔습니다. 서로에게 말하고, 누가 먼저랄 것 없이 웃음을 터뜨렸다.

하루키의 이마에 구슬땀이 맺혀 있었다. 오늘은 여름처럼 덥네, 말하자 지겹다는 얼굴로 끄덕이곤 키와와 나란히 걷기 시작했다.

"엄마, 우리 집 빙수기 꺼내놨어?"

이쪽을 보지 않고 좀 어리광 피우는 목소리로 묻는 하루키는 벌써 키와의 어깨에 올 만큼 키가 자라 있었다. 어째선지 집에 있을 때는 모르고 있었다.

"아직인데 슬슬 꺼내도 되겠다."

참, 빙수용 시럽을 사야겠네, 라고 혼잣말하는 키와에게 하루키가 의아한 시선을 보냈다.

"집에 있잖아."

딸기 시럽, 하고 하루키는 이어 말했다. 엄마가 만든 거, 하고.

"파는 것보다 그게 더 맛있어. 색은 연해도."

"……그래?"

하루키가 맛의 차이를 알아? 놀리듯 책가방을 톡 치자 하루키가 쑥스러운 듯 어깨를 움츠리며 "뭐래" 하고 웅얼거렸다.

"나도 그 정돈 알아."

키와는 그 순간 다시 한번 눈을 꾹 감았다. 속으로 '물웅덩이에 반사된 빛이 너무도 눈부셔서'라고 누구에게랄 것 없이 변명했다. 그러나 이내 아무럼 어떤가 싶어져 젖은 눈가를 손가락 안쪽으로 문질렀다.

##########

멜론 소다

##########

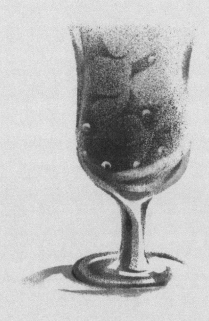

＃＃
＃＃

역 앞 가나토빌딩 2층에 '애프터스쿨 가네'라는 돌봄센터
가 생긴 건 4월이었다. 남 헐뜯길 좋아하는 사람들은 그곳
을 두고 "얼마나 갈는지" 하며 숙덕거렸고 의미심장한 시선
을 주고받으며 웃어댔다. 특정 대상을 비웃는 행위는 사람
들 간의 연대감을 키운다. '애프터스쿨 가네'는 그러기에 안
성맞춤인 대상이었다.

그 '애프터스쿨 가네'가 자리한 가나토빌딩 1층 외벽에
'직원 모집' 종이가 붙은 건 6월의 첫 월요일 아침이었다. 시
급 협의 가능, 이라고 쓰여 있었다.

빌딩 1층 가나토소아과 입구에 붙어 있었으므로 많은 이

들의 눈에 띄었다. 직원을 구한대. 사람 쓸 여유가 있나 보네. 그런 대화들은 언제나 "그 둘째 아들놈 주제에"라는 말로 끝맺어졌다. 이 동네에서 가나토 집안의 둘째 아들놈은 괴짜인 데다 주변머리가 없다고 평가되었다.

이 동네라 한들 옛날 일에 환한 사람은 많이 줄었다. 재개발되면서 새로 지어진 아파트의 주민 대부분은 다른 지역에서 이사 온 사람들이다.

본가 근처에는 지금도 예전부터 살아온 사람들이 많지만 그들과 나누는 대화는 그리 유쾌하지 못하다. 걸핏하면 키와의 옛이야기, 가령 아장걸음을 걸을 적에 밖에서 기저귀를 벗어 던진 일이라든가 중학교 시절 한창 살이 올랐던 한때 등을 들먹이곤 하므로.

'나고 자란 지역에서 아직껏 살고 있는 사람'과 '나고 자란 지역으로부터 멀리 떨어져 사는 사람'은 본질적으로 뭔가가 많이 다른 것 같다고 키와는 느낀다. 후자 쪽이 더 월등한 어른처럼 느껴지는 건, 본인이 전자일뿐더러 그 사실에 콤플렉스 비슷한 것을 가져서인지도 모른다.

설거짓거리가 남아 있는 싱크대에서는 손을 씻기가 꺼려졌다. 세면대로 가려던 찰나 현관문이 열리며 하루키가 나타났다.

"어, 왔어?"

"응. 다녀왔습니다."

하루키는 털썩 소리를 내며 바닥에 책가방을 내려놓았다가 키와의 의미 있는 시선을 알아채고 질질 끌다시피 해 제 방으로 가져갔다. 손잡이 쇠 장식에 바닥이 상한다고 잔소리를 퍼붓고픈 마음을 겨우 억누른 채 세면대에서 손을 씻었다.

오늘은 일이 없는 날이라 아침부터 내내 부엌에 서 있었다. 팥을 삶고, 두 종류의 쿠키 반죽을 만들고, 우유를 졸여 연유를 만들었다. 쿠키 반죽의 절반은 얼리고 절반만 구웠다. 키와에게 속이 답답할 때는 손을 움직이는 게 제일이라고 가르쳐준 사람은 엄마였다. 엄마는 아빠와 말다툼한 다음 날이면 꼭 냄비 바닥을 닦거나 타일 틈새를 청소하곤 했다. 골똘히 수세미질이나 솔질을 하는 엄마의 옆얼굴에서는 살벌함마저 느껴졌고, 그럴 때는 키와나 동생이나 쉽사리 말을 붙이지 못했다.

지금 디저트를 만들고 있는 나도 그렇게 보이려나. 저 아이의 눈에 나는 어떻게 비칠까. 저 아이에게 나는 어떤 부모일까, 생각하며 냉장고를 들여다보는 하루키를 바라보았다.

"쿠키 있어. 먹을래?"

"먹을래."

키와는 하루키를 위해 우유를 따르고 자신을 위해 커피

를 내렸다.

"나도 커피가 좋아."

"마실 수 있겠어?"

"아마도."

설탕을 듬뿍 챙겨주었으나 하루키는 넣지 않았다. 무리하기는, 싫어 우스웠지만 물론 입 밖에는 내지 않았다. 자신이 하루키 나이일 때 부모님에게 그런 식으로 놀림받는 것이 가장 싫었다. 거울을 보고 있었을 뿐인데 "좋아하는 남자애라도 생겼니?"라며 비웃거나, 읽고 있는 책을 들여다보곤 "그런 책, 너한텐 아직 이르지 않아?"라고 넘겨짚는 것 역시 싫었다.

그런 부모가 되지는 않으리라. 길러준 엄마 아빠에게는 감사한 마음이지만, 그럼에도 내가 자라온 것처럼 아이를 키우고 싶으냐 물으면 아니라고 대답할 것이다.

쿠키는 코코아 반죽에 잘게 썬 아몬드를 섞은 것과 플레인 반죽에 크림치즈를 섞은 것 두 종류를 구워두었다. 아몬드 쿠키만 골라 먹고 있는 하루키에게 '애프터스쿨 가네'의 벽보 이야기를 해보았다.

"하루키, 거기 가본 적 있니?"

줄곧 묻고 싶던 것이었다. 최대한 자연스럽게 물어보고 싶어 오늘이 되도록 타이밍을 잡지 못했다.

"있어."

너무도 선선히 수긍하기에 맥이 빠졌다. 세키가 말야, 말하다 말고 하루키는 커피를 들이마셨다. 희미하게 눈살을 찌푸린 건 쓴맛을 참고 있기 때문일까 아니면 무언갈 숨기고 있는 탓일까.

"세키가 어쨌는데?"

세키는 1학년 때부터 하루키와 친하게 지냈다. 그동안 학교 돌봄교실을 다니다 4월부터 '애프터스쿨 가네'에 다니기 시작했다고 한다. 세키가 "하루키도 같이 가자" 하고 꼬드겨 안으로 들어갔다. 다다미방이 있었다. 같이 숙제를 했다. 안쪽 방에 탁구대가 있었다. 그렇게 이 얘기 저 얘기 털어놓았다. 그런 곳에 멋대로 드나들어선 안 된다는 생각은 하지 못하고 있는 듯했다.

"그런 데는 매달 돈을 내는 아이가 아니면 들어갈 수 없어."

"세키도 가나메 선생님도 괜찮댔어."

"괜찮대도 그러면 안 되는 거야."

가나메 선생님, 하며 친근하게 부르는 걸 보니 실은 한두 번 가본 게 아닌 모양이었다. 그 나무 팻말도, 역시 하루키가 쓴 게 맞았다. 이런 데 있기 싫어. 이 아이는 지금 있는 곳을 벗어나고파 하고 있다. 고작 아홉 살인데 벌써부터 태어난 곳을, 부모 곁을 떠나고파 하고 있다.

"엄마, 응모하게? 거기서 일하려고?"

직원 구인을 무슨 복권 추첨인 양 말하는 게 우스워 표정이 풀어졌다.

"뭐?"

현재 파트타임으로 일하는 곳은 계약이 3개월마다 갱신된다. 이번 달 말까지 따로 요청하지 않으면 자동 갱신될 것이다. 달리 일할 만한 자리도 마땅치 않아 계속해오고는 있지만 앞으로도 적극적으로 연장해나가고 싶은 일은 아니었다.

창문 없는 방에 꼼짝 않고 앉아 있는 것도 기분을 울적하게 만들고, 컴퓨터 화면을 뚫어지게 쳐다보고 있으면 눈이 피로해진다.

악의가 담긴 글이 아니더라도 남이 쓴 문장을 읽고 있다 보면 조금씩 생명력이 깎여나가는 듯한 기분이 든다. 그렇게까지 꼼꼼히 읽을 필요는 없다는 걸 안다. 점원의 실명이나 주소 같은 개인 정보가 적혀 있지 않은지, '죽여버리겠다', '죽어라' 같은 문장이 포함돼 있지 않은지, 그런 체크만을 기계적으로 해나가면 되는 업무다.

그럼에도 키와는 그것들을 저도 모르게 읽어버리고 만다. 일기처럼 길게 늘어놓은 글을 읽으면 이 사람은 그렇게 한가한가, 어쩌면 외로운 걸까 생각하고, 엄청난 오타에 기막혀하거나 극히 드물게 이 사람은 글 쓰는 센스가 있네, 감탄할 때도 있다. 당연하게도 굉장히 지치는 일이며, 작업 효율이 좋지 않아 주임에게 야단을 맞기도 한다.

얼마 전 하루키가 아침에 신발을 신으며 "아아, 가기 싫다"라고 중얼거린 적이 있다. 무심코 "그 마음 알지" 하고 받아칠 뻔했다. 학교고 직장이고 다 귀찮지, 가기 싫지, 하고. 그러나 엄마로서는 절대 해선 안 되는 말이므로 "무슨 소리야"라고 가볍게 받아넘겼다.

"거기서 일하면 좋을 텐데. 가깝잖아."

하루키는 키와의 대답을 기다리지 않고 텔레비전 전원을 켰다.

"게임 해도 돼?"

"……숙제 다 하면."

1학년 때부터 줄곧 같은 대화를 반복하고 있는 느낌이었다. 언제쯤 알아주려나.

저녁 정보 프로그램이 비치는 화면을 곁눈질하며 일어섰다. 텅 빈 머그잔을 들고 가는 키와의 귀에 '여성', '무책임' 같은 단어들이 날아들었다. 강연회인지 토론회인지에서 실언을 한 장관에 대한 뉴스였다. 아이를 낳지 않는 여성은 무책임하다는 식의 헛소리를 늘어놓은 모양이었다.

사임할 의향은 없냐고 추궁하는 기자의 목소리를 머그잔

을 씻으며 들었다. 장관의 발언은 확실히 경솔하기 짝이 없다. 그런데 그만두는 행위가 어째서 책임을 지는 행위로 여겨지는 걸까. 이런 유의 뉴스를 접할 때마다 그런 느낌이 든다. 그만두면 뭐가 어떻게 되는가. 좋은 방향으로 달라질 수 있을까.

"내일 저녁에 엄마 없을 거야."

회의 있거든, 하고 텔레비전을 보고 있는 하루키의 뒤통수에 대고 말했다. 응. 그야말로 무관심한 대답이었다.

학교 괴담을 무서워할 나이는 진작에 지났다. 과학실의 해골 모형이 돌아다닌다든가 여자 화장실에 귀신이 나온다든가. 그런데도 밤중의 학교는 여전히 음산하기만 한 장소다. 시선을 떨군 채 어두침침한 복도를 걸었다. 회의는 저녁 일곱 시. 제일 먼저 도착하지 않으려고 아슬아슬하게 출발하곤 하는데 홍보위원 여섯 명 중에서는 키와가 항상 맨 첫 번째로 도착한다.

가장 먼저 온 사람은 교무실에서 회의실 열쇠를 빌려 책상을 배치해놔야 한다. 성가신 일인 데다 열성적이라고 생각할 것 같아 창피하다.

실은 다들 이미 훨씬 전에 도착해놓고, 보이지 않는 곳에 숨어서 내가 오나 안 오나 망보고 있는 게 아닐까 하는 생각마저 든다.

키와는 하루키가 2학년일 때도 학부모회 위원으로 있었다. 되도록 피하고 싶었지만 누구나 한 번은 뭔갈 맡아야만 해서 저학년일 때 해치워버리는 편이 낫다기에 억지로 입후보했다. 이제 졸업할 때까지 아무것도 안 해도 되겠지 싶었는데, 이번에는 홍보위원회의 인원수를 채우지 못했다는 말에 차마 거절하지 못하고 승낙해버리고 말았다.

책상 배치를 끝낸 직후에 다른 네 사람이 나타났다. 여섯 명의 위원 중 키와와 에가와 씨를 제외한 넷은 같은 동네에 살고 있어 사이가 좋다. 그녀들에게는 두 명 내지 세 명의 아이가 있고, 키와에게 이따금 "애가 하나면 편하죠?" 같은 말을 던지곤 하는데 악의는 없어 보인다. 그렇게 생각하기로 했다. 악의가 없다고 모든 게 용서되는 건 아니지만.

마지막으로 사와베 아미 선생님이 도착했다. 위원회 회의에는 반드시 선생님 한 명이 동석한다. 위원회 일은 성가시지만 아들의 담임 선생님과 얼굴을 맞대고 이야기할 기회가 많으니 꼭 나쁘기만 한 건 아니다. 여기서도 역시나 '그렇게 생각하기로 했다'가 고개를 내민다.

홍보위원회는 이름 그대로 1년에 네 번 발행되는 학교 홍보지의 편집을 위한 조직이다. 급식 시식회나 운동회 같은 행사 때는 직접 나가 사진을 찍어 와야 한다. 오늘은 6월 말에 실시되는 일요 참관 수업 및 레크리에이션 촬영에 대한 최종 논의와 확인을 진행할 예정이었다.

"시간이 됐으니 시작하겠습니다. ……에가와 씨는 결석인가요?"

위원장과 위원들의 시선이 일제히 키와에게로 쏠렸다.

"그런가…… 보네요."

에가와 씨는 홍보위원 중에서는 유일한 남성이다. 에가와 씨의 딸이 하루키와 같은 학년이어선지 그녀들은 키와와 에가와 씨를 한 묶음으로 취급하려는 경향이 있다.

"하는 수 없죠. 그럼 에가와 씨 없이 시작할까요."

"그러죠."

에가와 씨에게는 '어딘지 모르게 항상 지쳐 있는 사람'이라는 인상을 갖고 있다. 40대 남성이라 그렇기도 하겠지만 이혼하고 딸아이를 혼자 키우고 있다는 점도 크게 한몫한다. 직종은 모르나 좌우간 늘 바쁜 모양이라 지난번도 지지난번도 회의에 참석하지 않았다.

우리라고 일이 없지는 않은데 말이에요, 하며 어쩐지 또 키와를 쏘아보았다. 예에, 하고 어깨를 움츠리며 받아넘겼다.

둔해져라. 둔해져라. 마음속으로 언제나 스스로에게 이른다.

섬세하다. 학창 시절, 친구에게 그렇게 평가받은 적이 있다. 물론 칭찬이 아니란 것쯤은 알고 있다. 섬세한 인간은 일이 적성에 맞지 않는다. 엄마로도 적합하지 않다. 섬세한 인간으로는, 살고 싶지 않다.

"그럼, 1학년 촬영은 에가와 씨께 맡기는 걸로 할까요?"

회의는 막힘없이 진행되었다. 키와는 4학년을 담당하게 되었다. 에가와 씨가 행여 일요 참관 수업에도 오지 못할 경우 자신이 4학년과 1학년을 모두 맡아 촬영해야 할 것이다. 남몰래 내쉰 한숨이 무겁게 가라앉아 슬리퍼를 신은 발등 위로 떨어졌다.

"사카구치 키와 씨."

이력서로 눈을 떨군 가나메의 입에서 나온 이름은 어쩐지 제 것 같지가 않은 느낌이었다.

결혼한 지 10년도 더 되어 이미 익숙해질 대로 익숙해진 성은 물론이고 태어날 때 붙여진 '키와'마저 왠지 생경하게 느껴졌다. 이 남자의 입에서 흘러나오니.

가나토빌딩의 계단을 올라가니 유리문이 있었다. 거기에 '애프터스쿨 가네'라는 작은 간판이 달려 있었다.

들어가자마자 오른편에 테이블 하나와 의자 두 개가 있었고 키와와 가나메는 그 테이블에 마주 앉았다. 왼편에는 붙박이 선반이 있었는데 그건 '아이들이 책가방을 두는 공간'이라고 가나메가 일러주었다. 아이들은 보통 안쪽 방에서 시간을 보내는 모양인데 지금은 아직 오전 중이라 인기척 하나 없이 쥐 죽은 듯 고요했다.

가나메는 요전번 만났을 때보다 살이 빠져 있었다. 개업 초부터 거들어주던 여성이 관두면서 부쩍 바빠진 나머지, 아이들을 집에 바래다주고 나면 지칠 대로 지쳐 아무것도 먹지 않고 잠들어버린다는 것이었다.

저녁밥 굶으면 살이 진짜 빠지긴 하네요, 라며 홀쭉해진 얼굴로 태평하게 웃었다.

"요 며칠은 친구가 잠깐 와주고 있는데요, 다음 주부터는 어렵다더라고요."

긴 머리카락이 눈썹이며 귀에 닿아 거추장스러울 듯싶었다. 그러나 그 원인은 바빠서가 아닌 게으름 탓이겠거니 제멋대로 넘겨짚었다. 전에 만났을 때도 머리 모양은 지금처럼 부스스했으니까.

"사카구치 키와 씨는 전에 보육 교사셨네요?"

가나메는 이력서에 시선을 내리깐 채였다. 특기: 없음, 취미: 독서. 몇십 분 고민한 끝에 겨우 적어 넣은 이력서가 새삼 한심하게 느껴졌다. '없음'이라니. 삼십몇 년을 살아놓고 '특기: 없음'이 웬 말인가.

"……맞아요."

"아이들을 좋아하시기 때문인가요?"

잠시 생각하다 아니요, 라고 답했다.

"처음 지원 동기는 그랬어요. 그런데 지금은 그 정도로 자신 있게 얘기하진 못하겠네요."

"솔직하시네요. 그럼 언제부터 나오실 수 있어요?"

가나메가 몸을 앞쪽으로 내밀었다. 반사적으로 "언제부터든 가능해요"라고 대답하고서야 자신이 이곳에 채용되었다는 사실을 한발 늦게 이해했다.

"저기, 괜찮을까요, 제가."

가나메는 눈을 천천히 깜빡이더니 "모르죠"라고 답했다. 어리석은 질문을 하고 말았다. 당신이라면 괜찮을 거예요, 라는 말을 듣고 위안 삼을 작정이었는지.

자동으로 유지될 거라고 생각했던 파트타임 계약은 업체 쪽에서 돌연 중단을 요청했다. 작업 실적 건수가 적은 직원부터 자르게 됐다고, 그렇게까지 명확히 말하지는 않았지만 비슷한 취지의 설명을 들었다. 변변찮은 일이라 생각해온 주제에 업체로부터 막상 '당신은 필요 없습니다'란 말을 듣자 충격을 받는 것도 웃긴 일이었다.

요컨대 나는 내 가치를 오인하고 있었구나, 하고 돌아오는 길에 생각했다. 무거운 발을 질질 끌다시피 걸었다. 필요로 할 만한 인간이다, 라는 제 감각이 그저 자만심에 불과했다는 게 마냥 부끄러웠다. 그리고 다시금 '애프터스쿨 가네'의 벽보를 보았을 때, 이게 아직 여기 붙어 있다는 사실에 놀라우리만치 안도하고 말았다.

그쪽한테도 여기가 필요한 것 같고요.

그때 가나메가 했던 말을 키와는 여전히 기억하고 있었다.

'이곳에 당신이 필요해서'는 아니다. 그럼에도 키와는 '애프터스쿨 가네'를 찾았다.

키와는 눈을 내리깐 채 수첩에 무언갈 적고 있는 가나메를 말끄러미 쳐다보았다. 그건 무슨 의미였나요? 라고 묻고 싶기도 했고 어차피 별 의미 없었겠지, 단정하고 싶은 마음도 있었다. 속을 알 수 없는 이 남자는 아마 말만 번지르르한 사람이라, 그런 식으로 항상 남의 마음을 떠보곤 하는 게 분명했다.

"그럼, 다음 주 월요일부터."

잘 부탁드려요, 하고 가나메가 머리를 숙이기에 황급히 그 몸짓을 흉내 냈다. 테이블 위에 놓인 가나메의 두 손, 청결히 정리된 짧은 손톱이 눈에 들어왔고, 키와는 어찌 된 영문인지 가슴이 철렁했다.

레크리에이션의 개회 선언을 하는 교장의 마이크가 삐익, 하고 듣기 싫은 소리를 냈다. 라디오 체조 음악이 흘러나왔다. 아이들이 체조를 시작하자 바람이 불었다. 모래 먼지가 일어 시야가 부옇게 흐려졌다. 모래가 들어가지 않게 눈을 감아가며 키와는 학교 비품인 디지털카메라를 들고 걸었다.

4월 참관 수업에 다녀온 지 얼마나 지났다고 이번에는 6월 일요 참관 수업. 다음 달에도 또 참관 수업이 예정돼 있었다.

9월에 운동회, 10월에 또 참관 수업이 있고, 1월에도 역시 발표회 참관이 기다리고 있다. 아이들의 평소 생활 모습을 대체 얼마나 더 보여줘야만 직성이 풀리는 것일까. 키와는 늘 그런 생각을 하지만, 그런 말을 다른 학부모에게 했다가는 아이에게 무관심한 부모로 여겨질 테니 죽었다 깨어나도 말할 수 없다.

참관은 1교시가 국어, 2교시가 도덕이었다. 마흔 명 가까이 되는 아이들과 그 학부모들이 들어찬 교실은 후텁지근했고, 여느 때와 마찬가지로 잡다한 냄새로 가득 차 있었다. 2교시 수업 막바지에 프린트를 나누어 받았다. '4학년 학급 휴대전화 및 스마트폰 반입 금지 안내'란 제목이 붙어 있었다.

지금은 대부분의 아이들이 저학년 때부터 키즈폰을 들고 다닌다. 고학년이면 이미 스마트폰을 가진 아이들이 더 많다고 들었다. 사달라고 조른 적은 없지만 하루키도 슬슬 스마트폰을 탐내는 듯한 눈치다.

예전에는 학교 내 휴대전화 반입이 전면 금지돼 있었다. 그 후 지진이나 태풍, 괴한에 의한 사건 등이 잇달아 학부모들의 요청으로 반입을 허용하는 단계에 이르렀다. 그랬던 걸 도로 금지하겠다는 공지였다. 그것도 4학년 반만. 무슨 새로운 문제가 생긴 걸지도 모르나 선생님은 자세한 설명을 하지 않았다.

교정에 심긴 나무 곁에 오카노 씨 무리가 모여 이야길 나누고 있었다. 하늘색, 흰색, 회색. 짙은 분홍색도 있었다. 그녀들이 쓴 양산은 멀리서 보면 꽃이 피어 있는 듯했다. 중간중간 사와베 선생님 쪽을 손가락질하고는 서로 고개를 끄덕였다. 저 고운 꽃 아래서, 그녀들은 오늘은 어떤 이야기를 하고 있을까.

조금 전, 그녀들이 말을 걸어왔다.

"4학년 학부모들끼리 LINE(일본에서 주로 사용하는 메신저 앱—옮긴이) 단체방을 만들었는데, 초대해도 돼요?"

오카노 씨는 그림책을 읽어주는 듯한, 평소와 같은 나긋나긋한 음성으로 말을 붙여 왔다.

"아아, 네."

그렇게 대답하며 아주 약간 성가시다고 느꼈다. 예전 같으면 훨씬 더 기뻐하지 않았을까. 끊어질 듯 꼬리를 흔드는 개 같은 태도로 "물론이죠"라거나 "꼭 초대해주세요"라고 대답했을 것이다. 이 성가심의 이유를 키와는 '다른 데 정신이 팔려 있어서'라고 결론 내렸다. 나는 그만큼이나 새 직장 생각으로 머릿속이 꽉 차 있는 거라고. 내일부터 '애프터스쿨 가네'에서 일을 시작한다. 새로운 환경에 뛰어들 때면 언제고 조금은 불안한 법이다.

근무 시간대가 오후 두 시부터 일곱 시인 점에 대해서는 지금까지처럼 저녁까지 일하다 퇴근해 허겁지겁 집안일을 하기보다야 편하리란 생각이 든다. 출근 전에 집안일을 끝내놓고 식사 준비 등을 해두면 되니까.

레크리에이션은 학년별로 종목이 다르다. 올해는 1, 2학년이 바구니에 공 넣기, 3학년부터 6학년은 피구였다. 구기 종목에 서툰 하루키는 아침부터 우울한 모습이었는데, 지금은 앞뒤로 줄 선 학생들과 장난을 주고받으며 그런대로 즐거워 보이는 웃음을 띠고 있었다.

호각 소리와 함께 피구가 시작되었다. 키와는 디지털카메라를 들고 코트 주변을 맴돌았다. 일찌감치 공에 맞고 외야로 빠지는 하루키와 눈이 마주쳐 쓴웃음을 나누었다. 마찬가지로 초등학생 시절 구기 종목에 서툴렀던 자신의 운동치 유전자를 물려받았으려니 생각하면 미안한 마음도 북

받쳤다.

디지털카메라의 조그만 화면을 여윈 몸이 스쳐 갔다. 에가와 씨의 딸이었다. 이름은 아마 유키노였던 것 같다. 무슨 한자를 쓰는지는 모른다. 까맣고 긴 머리가 묘하게 착 가라앉아 있었고 표정은 어두웠다. 좀 겉도는 아이인가 보다 생각하며 그 움직임을 눈으로 좇았다. 코트 안 아이들의 사소한 몸짓과 시선으로 그 사실이 뼈아프게 전해져 왔다.

1학년들의 공 넣기를 촬영하고 있을 에가와 씨를 찾았는데 보이지 않았다. 그 대신 사와베 선생님의 모습이 눈에 들어왔다.

3학년 담임인 남자 선생님과 대화를 나누고 있었다. 그들이 입은 저지는 두 벌 다 감색이어서, 멀거니 보고 있자니 커플룩같이 느껴졌다. 웃으며 얼굴을 마주 보는 둘의 거리는 가까웠다. 어깨가 맞닿을 것처럼.

조심해요, 라는 생각이 여지없이 들었다. 아들의 담임이기 이전에 한 명의 젊은 여성으로서 조언해주고 싶었다. 조심해요, 사와베 선생님. 여기 있는 사람들은 당신이 생각하는 것보다 당신을 훨씬 더 눈여겨보고 있어요.

키와의 시야 끝에서 양산 꽃들이 흔들렸다.

앞치마 끈을 질끈 동여매고, 키와는 '애프터스쿨 가네'의

현관에 섰다. 2층 안쪽 방은 상상 이상으로 넓고 말쑥했다. 다다미 스무 장쯤 되는 다다미방 외에 세 평짜리 서양식 방과 일본식 방이 하나씩 있었다. 서양식 방에는 탁구대가 놓여 있고 일본식 방에는 책상이 늘어서 있었다.

"애들은 여기서 숙제를 해요"라고 설명해준 가나메는 지금쯤 초등학교 정문에서 아이들을 기다리고 있을 터였다. 오늘은 모든 학년이 같은 시간에 마쳐서 한 번이면 되지만, 평소에는 수업이 끝나는 시각에 맞춰 마중을 두세 번 나간다고 한다. 지금은 하루키가 다니는 니노초등학교의 학생들뿐이지만 내일부터는 다른 동네의 초등학생들도 올 예정이었다. 직원을 고용하는 건 당연한 선택이었다.

벽 거울에 비친 자신이 생각보다 더 나이 들어 보였다. 흠칫 놀라 저도 모르게 등허리를 폈다. 서른을 넘길 무렵부터 이렇게 불쑥 마주한 제 모습에 놀라는 일이 많아졌다. 자신이 나이를 먹고 있음은 인지하고 있고 노화를 거스를 마음도 없지만, 그럼에도 스스로가 인식하는 자신과 겉모습이 늙어가는 속도는 좀체 맞춰질 줄을 몰랐다.

앞머리를 정돈하자 햄버그스테이크 냄새가 솔솔 풍겼다. 나오기 전 햄버그스테이크를 구웠기 때문이다. 요리를 하면 머리카락에 꼭 냄새가 밴다. 카레도 좋을 것 같았지만 하루키 혼자서 데워 먹으려면 냄비에 든 것을 가스레인지로 데우기보다 그릇을 전자레인지에 돌리기만 하면 되는 쪽이 덜 어렵겠다는 생각이 들었다. 이런 사고방식도 과잉보호 인 걸까.

언제나, 부모로서의 적당한 안배가 어렵다.

자꾸자꾸 머리를 정돈했다. 정돈할수록 조마조마한 마음 이 커져만 갔다. 긴장감이 일정한 선을 넘어 '지금 당장 집 에 가고 싶다'는 심정으로까지 발전했다. 입안이 말라 혀가 입천장에 들러붙었다.

와글와글 말소리가 나더니 맨 먼저 1학년 여자애가 모습 을 드러냈다. 모자 옆면에 1학년에게만 주는 장식을 달고 있어서 금방 알아차렸다. 계단을 올라오는 노란 모자가 여 럿 보였다.

아이들은 키와를 보자마자 "새로운 사람이다", "여자다" 하며 제각기 떠들어댔다. 엉성한 발음으로. "아, 하루키네 엄마다"라고 말한 아이는 세키였다. 맞아, 안녕, 하고 답하 자 어째선지 "흐흥" 하는 기분 나쁜 웃음을 흘렸다. 마지막 으로 가나메가 들어왔다.

"그렇게 긴장하실 거 없어요."

키와에게 엷은 미소를 보내왔다.

"평소대로 하시면 돼요."

평소대로라 한들 지금까지 해온 일과는 사뭇 다른 유형

이었다. 대답하지 못하는 키와를 아랑곳 않고 가나메는 아이들을 몰아넣다시피 해 손을 씻게 했다. 반짝반짝 작은 별, 아름답게 비치네. 노래를 부르는 동안은 손을 계속 씻는 규칙이 있단다. 주로 노래하는 건 가나메뿐이었는데 음정이 엉망이었다. 깔깔 웃는 아이들을 따라 키와도 작게 웃음을 터뜨렸다. 이럭저럭 웃음을 거둘 즈음에는 방금까지 느껴지던 조마조마한 마음이 거의 사라져 있었다.

괜찮아, 어떻게든 되겠지.

손을 씻고 방으로 들어온 아이들의 얼굴과 사전에 건네받은 이용자 명단을 대조해갔다. 이름은 열 명밖에 없는데 아이들은 다해서 열네 명이었다. 책가방을 끌어안고 방구석에 가만히 앉아 있는 여자아이를 발견했다. 그 아이가 에가와 씨의 딸임을 알아챘을 때, 때마침 간식을 다 나누어준 가나메가 옆에 와 섰다.

"에가와 유키노는 명단에 이름이 없네요."

"아아, 저 애도 따라온 거라서요."

"역시 정식으로 등록된 아이가 아닌 거군요."

피리 부는 사나이라 일컬어지는 그 행렬에 어느 틈엔가 이용자가 아닌 아이가 동참하는 일은 오늘이 처음이 아닌 모양이었다.

"그런데 그건 공평하지 않잖아요."

약삭스레 간식을 챙긴 에가와 유키노와 다른 아이들을 번갈아 쳐다보았다. 돈을 내는 아이와 그렇지 않은 아이를 똑같이 대해도 되는 건가.

"뭐, 그렇긴 한데요, 그래도."

많아야 더 재밌잖아요, 하고 웃는 가나메를 보며 엄청난 불안감을 느꼈다. 이런 식으로 운영해서 월급이나 제대로 줄 수 있을까.

이쪽을 향하는 가나메의 얼굴이 시야 끝에 잡혔지만 키와는 그쪽을 돌아보지 않았다. 부스러기를 흘려가며 쿠키를 먹고 있는 아이들에게 시선을 고정한 채 모른 체했다. 뭔가 굉장히 불편한 말을 들을 것만 같은 예감이 들었다.

"키와 씨는 바른말을 하는 사람이네요."

그럼 그렇지. 뺨으로 피가 치오르는 걸 알 수 있었다. 가나메의 어조에 타박하는 울림은 없는데도 잘못을 지적받은 듯한 수치스러움이 느껴졌다.

"바른말 하는 게 잘못인가요?"

"잘못은 아니죠."

그런데 바른말을 있는 그대로 받아들이지 못하는 사람도 있으니까요, 라고 이어 말한 가나메는 집게손가락을 쓱 들어 올렸다.

"바른말은요."

허공에서 삼각형을 그리는 가늘고 긴 손가락을 키와는 말없이 보고 있었다.

"모서리가 목에 찔려 삼켜내기 힘들 것 같지 않아요?"

"······전 그저 이런 식으로 경영해서 괜찮을지 걱정됐을 뿐이에요."

"아아, 그런 거면 괜찮아요."

스폰서가 있거든요, 라고 가나메는 진지한 얼굴로 내뱉었다. "스폰서가 뭐예요?"라며 아이들이 다가왔고, "사전에서 찾아보렴" 하고 받아넘기는 가나메를, 키와는 입을 슬며시 벌린 채 보고 있었다.

아이들이 도착하기 전 해놓는 청소며 간식 및 소모품 구매는 집안일의 연장선 같은 것이었다.

다만, 숙제가 복병이었다. '애프터스쿨 가네'에서의 근무 이틀째를 맞은 키와는 한숨을 내쉬었다. 하루키는 성적도 좋지 않고 숙제를 적극적으로 시작하는 타입도 아니지만 한번 시작하면 스스로 끝마치는 아이다. 다시 말해 집에서는 공부를 봐준 적이 거의 없다는 뜻이다. 키와가 소화할 역할은 읽기 연습을 들어주고 카드에 사인만 하는 정도다. 그래서 2학년인 유이토가 "이거 잘 모르겠어요"라며 한자 문제집을 보여줬을 때 놀라고 말았다.

"이렇게 어려운 한자를 벌써 배운다고?"

'낯 안(顔)'이나 '빛날 요(曜)' 같은 한자가 일람표에 늘어 놓여 있었다. 2학년이 배우는 한자는 1학년의 두 배라는 사실도 처음 알게 되었다.

유이토가 고민 중인 부분은 '칼 도(刀)' 페이지였다. 언제나 'ㅇ라는 한자를 사용해 문장을 만들어봅시다' 하는 문제로 골머리를 앓고 있단다.

"……칼 도 자라."

키와가 중얼거리자 유이토는 연필을 제 볼에 가져다 댄 채 "칼을 사용하다"라며 키와를 올려다보았다.

"아, 그거면 되지 않나?"

"안 돼요."

"왜 안 되는데?"

정답란은 두 줄로 되어 있었다. 담임 선생님의 방침인지, 한 줄로 끝나는 짧은 문장을 쓰면 가위표가 쳐지는 모양이었다. 그래서 더 긴 문장이어야 해요, 라며 유이토가 입을 삐죽거렸다.

"그렇구나. 칼, 칼이란 말이지."

힌트를 줄 생각으로 일본도를 휘두르는 듯한 동작을 해 보였다. 가공의 칼을 머리 위로 크게 쥐었다가, 오늘도 방구석에 앉아 있는 에가와 유키노와 눈이 마주쳤다. 책가방을 끌어안고 이쪽을 보고 있었다. 남의 눈치를 보는 듯한, 척척하게 치뜬 눈이 부담스러워 자연스레 시선을 피했다.

저 애는 좀 싫다. 해서는 안 될 생각이었다. 그러나 아무리 해도 저 아이가 예쁘다는 마음은 들지 않았다.

'칼로 사람을 몇 명이나 베어대서 경찰에 붙잡혔다.'

다시 보니 유이토가 정답란에 그렇게 쓰고 있었다. 괜찮을까, 생각했다. 윤리적으로 괜찮은 것인지 의아했으나 어디까지 참견해야 좋을지 알 수 없었다. 판단을 맡기고 싶어도 가나메는 없었다. 다른 초등학교 학생들을 데리러 나간 참이었다.

주머니 속에서 키와의 스마트폰이 진동하고 있었다. 아아, 하고 한숨이 새어 나올 뻔했다. 오카노 씨 무리가 만든 '4학년 학부모'를 위한 LINE 단체 대화방에 들어간 것을 키와는 벌써부터 후회하는 중이었다. 그 후로 스마트폰이 밤낮없이 울려대기 시작해 진저리가 쳐지기 때문이었다.

수업 진도가 근처 초등학교와 비교해 조금 늦다느니, 아무래도 반이 하나가 돼서 선생님의 눈길이 모든 학생들에게 미치고 있을지 걱정이라느니. 누군가 걸핏하면 문제를 제기했고 그에 동의하는 듯한 답장과 이모티콘이 줄줄이 이어졌다.

나 역시 이 대화에 '맞아요', '동감이에요' 같은 말을 늘어놓는 역할을 요구받고 있는 것일까. 이 대화방에는 모든 학부모가 들어와 있는 게 아니었다. 오카노 씨 무리는 모두에게 제안했을까, 아니면 나 같은 부류를 골라 제안했을까. 아마도 후자이지 않을까.

나 같은.

다루기 쉬울 법한.

넌더리를 내며 스마트폰을 열었다. 얼마 전부터 시작된 스마트폰 반입 금지 말인데요, 라고 오카노 씨가 말하고 있었다.

아이한테 물어보니 요즘 교내에서 휴대폰 도난 사고가 이어지고 있다네요. 그래서 금지된 모양이에요(퍼렇게 질린 얼굴 이모티콘).

그에 이어 '우리 애도 도난당했어요', '저희 애도요' 하는 메시지가 잇따라 표시되었다. 4학년 반에서 도난당한 아이가 둘인 모양이었다. 그중 한 명의 키즈폰은 화장실에 버려져 있었다고 한다.

그렇다고 반입을 금지하는 건 아니죠, 라는 누군가의 메시지까지 읽은 뒤 스마트폰을 주머니에 도로 집어넣었다.

탁 소리를 내며 한자 문제집을 덮은 유이토가 방 한가운

데서 싸움 놀이 중인 아이들 속에 섞여들었다. 유이토, 정리해야지, 말해봤지만 들리지 않는 모양이었다. 애당초 여긴 숙제를 하는 방이지만 격전을 펼치고 있는 아이들에게는 키와의 목소리가 귀에 들어오지 않았다.

에가와 유키노는 겁먹은 듯 책가방을 끌어안은 채 얼어붙어 있었다.

"유키노, 숙제는 다 했니?"

키와가 말을 건네자 움찔 놀라 몸을 움츠렸다.

이 아이의 부모는 이용료를 내고 있지 않다. 어쩌면 여기 있다는 사실조차 모를 수도 있다.

하지만 그렇다고 해서, 또 그리 마음 가지 않는 타입의 아이라고 해서 노골적으로 무시하는 태도는 고용주인 가나메의 의사에도 반할 터였다.

"아직이면 이쪽으로 오렴."

4학년 숙제가 어떤 내용인지 보여달라고 부탁하자 유키노는 주뼛주뼛 다가왔다. 손에서 놓으면 죽기라도 하는 양 책가방을 단단히 껴안고 있었다.

세 번 정도 조르니 그제야 프린트를 꺼내주었다. 의외로, 라는 말은 실례일지 모르나 공부는 잘하는지 정답란을 척척 채워나갔다.

"유키노는 수학을 잘하는구나."

몽당연필을 움직이며 희미하게 끄덕였다. 연필에는 잇자국이 잔뜩 나 있었다.

"왜냐면 공부는요."

유키노의 입술이 움직였다. 예쁘다. 아무런 맥락도 없이 그런 생각을 했다. 얼굴 생김새와 상관없이 모든 아이는 기본적으로 예쁜 생명체다. 입술도 피부도 눈망울도, 새것처럼 반질반질하고 번쩍번쩍.

왜냐면 공부는요, 의 다음 말은 요란한 아이들의 고성에 감쪽같이 사라져 들리지 않았다.

"얘들아, 조금만 조용히 하자."

키와의 말이 끝나기 무섭게 이쪽으로 몰려들었다. 누군가가 유키노의 책가방을 걷어찼다. 다다미 위를 미끄러진 책가방에서 책받침과 함께 분홍색 키즈폰이 튀어나왔다.

"뭐야, 이거."

세키가 그걸 주워 들었다. 짙은 분홍색에, 뒷면에는 별 스티커가 붙어 있었다.

"누구 거야?"

내 거, 라고 대답하는 유키노의 목소리가 갈라졌다. 거짓말, 하고 세키가 말했다.

"너희 집, 휴대폰 같은 거 살 수 있어?"

세키의 목소리에 깔보는 듯한 울림이 있었다. 작년에 들은, 학급 운영비를 내지 않은 아이가 있다는 말이 생각났다. 어쩌면 그게 유키노였던 것 아닐까.

요즘 교내에서 휴대폰 도난 사고가 이어지고 있다네요.

방금 본 LINE 메시지의 문장도 되살아났다. 상황을 모르는 다른 아이들이 "누나 거랑 똑같다", "나는 휴대폰 없어" 하며 제 좋을 대로 떠들기 시작했다.

세키가 분홍색 키즈폰을 만지작대며 또 한 번 "누구 거야?" 하고 물었다.

이 애는 유키노가 훔쳤다고 생각하는 모양이었다. 유키노는 입술을 깨문 채 아무 말도 하지 않았다.

"다녀왔습니다."

분위기에 어울리지 않게 한가로운 목소리가 울려와 모두 한순간 그쪽을 쳐다보았다. 가나메가 돌아왔다. 학교 마크가 들어간 모자를 쓴 소녀와 함께였다. 몇몇 아이들이 가나메에게 달려들었다.

"무슨 일 있어?"

가나메가 심상찮은 분위기를 감지하고 질문한 것과 유키노가 뛰쳐나간 것은 거의 동시에 일어난 일이었다. 헉, 도망갔다, 하고 중얼대는 세키에게서 키즈폰을 빼앗고 키와는 그 뒤를 쫓았다.

평소 제 아들에게는 신발 구겨 신지 말라고 입이 닳도록 잔소리하면서, 허겁지겁 뛰쳐나오는 바람에 운동화 뒤축을 꺾어 신고 말았다. 발을 내디딜 때마다 발등이 쓸려 아팠다. 멈춰 서서 신발을 고쳐 신는 사이 유키노가 머나먼 곳으로 가버릴 것만 같아 키와는 꼴사나운 달음질을 계속했다. 초조함과, 저녁이 되고도 여전히 쩍쩍 달라붙는 더위로 이마에 땀이 배었다.

거리는 저녁 전인 만큼 사람들로 북적였다. 마트 비닐봉지를 든 여성, 고등학생 무리와 어깨를 부딪칠 뻔했다.

거리를 벗어나 골목으로 들어섰다. 시야 한구석에서 뭔가가 움직였다. 고양이였다. '길고양이에게 먹이를 주지 마세요!'라고 적힌 벽보 앞에서 플라스틱 용기에 든 고양이 먹이를 유유히 먹고 있었다. 동경심 같기도, 질투심 같기도 한 영문 모를 격정이 뱃속에서 끓어올랐다. 숨을 내뱉고 모퉁이를 돈 곳에서 유키노를 발견했다. 어깨가 축 처져 있기는 해도 분명한 목적을 지닌 발걸음이었다. 이대로 집에 가려는 건가, 어림짐작하며 뒤따라갔다. 언뜻 '애프터스쿨 가네'에 두고 온 책가방이 생각났지만 어떻게든 되겠지, 생각을 고쳐먹었다.

유키노는 차가 다닐 수 없는 더욱 좁다란 골목으로 들어갔다. 놓치지 않을 만큼, 또 들키지 않을 만큼 거리를 유지한 채 걸었다. 골목을 벗어나 큰 거리로 나왔다. 유키노는 철거가 결정된 낡은 빌딩과 '임대' 딱지가 오래도록 붙어 있는, 문 닫은 파친코점 사이로 스르르 들어갔다. 들여다보니 폭이 1미터도 안 되는 틈새에 소형 냉장고며 선풍기 따위가 방치되어 있었다. 유키노는 그 그늘에 몸을 숨긴 듯했다.

큰맘 먹고 발을 들여놓았다. 물건들이 너저분하게 널려 있는 탓에 똑바로 걸을 수는 없었다. 실수로 굴러다니던 캔을 걷어찼고 빌딩 외벽에 부딪혀 요란한 소리가 났다.

유키노가 냉장고 그늘에서 모습을 드러냈다. 언짢은 얼굴을 하든 달아나든 둘 중 하나일 줄 알았는데, 어쩐지 안도한 듯 한숨을 내쉬었다.

"유키노, 그쪽으로 가도 돼?"

"……돼요."

유키노는 뒤집힌 맥주 상자 위에 걸터앉아 있었다. 키 큰 쓰레기들 사이에 우산이 걸쳐져 지붕을 만들고 있었다.

"이거, 유키노가 만든 거야?"

"네."

'애프터스쿨 가네'에 드나들기 전에는 늘 여기서 시간을 보냈다고 한다.

바람이 불 때마다 짐승 비슷한 냄새가 풍겼다. 근처 중화
요리점의 국물 냄새와 고깃집에서 흘러오는 고기 굽는 냄
새가 뒤섞이면 이런 냄새가 되는지도 몰랐다. 양쪽 외벽에
서 뿜어져 나오는 열기 탓에 후텁지근했다. 슬며시 이마의
땀을 훔쳤다.

"집 열쇠가 없어?"

잠깐 끄덕이더니 고개를 저었다. 세탁기 밑에 놓여 있다
고 한다. 세탁기, 라고 따라 말하며 키와는 에가와 씨의 집
을 상상했다. 세탁기를 복도에 둘 법한 빌라. 아마 목조 건
물일 것이다. 낡고 좁겠지.

"저녁에는 아빠가 있거든요."

경비 일을 하는데, 야간 근무를 하는 날은 저녁 일곱 시쯤
출근한다고 한다. 자는 아빠를 깨우고 싶지 않다며 어깨를
움츠렸다.

"만약 깨우면 아빠한테 혼나니?"

"아뇨."

아니에요, 안 그래요, 하고 간절함마저 내비치며 고개를
저었다.

"아빠는 그런 못된 사람이 아니에요."

알았어, 하고 한쪽 손을 드니 그제야 움직임을 멈추었다.
이야기를 더 들어보고 싶었지만 너무 더워서 머리가 팽팽

돌았다.

"유키노, 뭐 안 마실래?"

근처 자판기에서 마실 것 좀 사 오려고, 하며 대로변을 가리키자 유키노는 머뭇머뭇 고개를 끄덕였다.

"좋아하는 주스 같은 거 있어?"

"멜론 소다요."

"응, 알았어."

쓰레기를 피해 틈새를 탈출했다. 동네 시세가 그런 건지 이 근처 자판기 가격은 굉장히 저렴했다. 80엔이나 50엔짜리 주스가 줄지어 있었다. 그 대신 듣도 보도 못한 브랜드의 듣도 보도 못한 상품뿐이었지만 다행히 멜론 소다는 있었다.

스마트폰 케이스 안에 항상 천 엔짜리 지폐를 넣어 다닌다. 조그맣게 접은 천 엔짜리 지폐를 자판기에 넣으며 가나메에게 전화를 걸었다. 여보세요, 하는 목소리에 덧씌워지듯 아이들의 고성이 들려왔다.

우선 멋대로 뛰쳐나온 점을 사과하고 "유키노, 찾았어요"라고 전하자 가나메는 별일도 아니라는 듯 "그렇군요"라고 답했다.

"집까지 바래다주고 싶은데 그래도 될까요?"

"되고말고요."

전화 너머의 공기가 흔들렸다. 웃음을 지은 모양이었다.

"그 애는 우리 쪽에 '정식으로 등록된 아이'가 아니잖아요? 그러니 뒷일은 그 애와 키와 씨 둘이서 정할 문제죠."

손을 떼려는 듯했다. 등 떠밀어주는 것 같기도 했다. 어느 쪽이든 매한가지였다. 뒷일은 그 애와 나 둘이서 정할 문제라는 건.

"키와 씨, 이건 누구한테 들은 얘기인데요……."

가나메의 이야기를 듣는 동안 천 엔짜리 지폐가 두 번 밀려 나왔다.

"알았습니다."

전화를 끊고 불이 들어온 버튼을 눌렀다. 잠깐 망설이다 멜론 소다 버튼을 한 번 더 눌렀다. 같은 음료를 마신다는 행위에 중요한 의미가 있는 것 같았다.

쾌적하지는 못한 빌딩 틈새에서 마시는 멜론 소다는 희한하리만치 맛있었다.

이런 건 평소라면 마시지 않는다. 이름만 멜론일 뿐, 화려한 초록색 착색료가 든 다디단 탄산음료. 먼 옛날이 떠올랐다. 엄마는 일찍이 착색료라는 존재를 벌레 보듯 증오했다. 딸들이 새빨간 비엔나소시지나 불량 식품 같은 걸 먹고 싶어 하면 못마땅한 얼굴을 했다. 이런 게 왜 먹고 싶은 거니, 이해할 수가 없다, 라는 말을 들을 때마다 키와는 왠지 모르게 자신이 너무도 어리석은 인간이 된 것 같은 기분이었다.

"맛있다."

"네."

유키노는 페트병을 두 손으로 들고 조금조금 아껴 마시고 있었다.

"아, 이거. 돌려줄게."

주머니에서 키즈폰을 꺼냈다. 유키노는 페트병을 쥔 채 키와의 손과 얼굴을 번갈아 쳐다보았다.

"그래도 돼요?"

"뭐가?"

"훔친 걸 수도 있잖아요."

가나메라면 어떻게 대답하려나.

"그런가?"

고개를 갸웃하고서, 이건 자신이 아님을 깨달았다. 이건 내가 아니다. 내가 상상하는 '가나메라면 이렇게 말하지 않았을까'를 충실히 모방해봤을 뿐이다.

내 말을 갖고 있지 않다. 내 생각 따위 갖지 않으려 해왔다.

"봐도 돼요."

유키노가 눈을 내리깔았다. 하루키 것과는 기종이 달랐다. 그래도 대강의 조작법은 알았다. 연락처 목록에는 '엄마' 하나밖에 저장돼 있지 않았다. 문자를 열어 최신 것부터 읽어나갔다.

유키노, 잘 자.

유키노, 밥 먹었어?

유키노, 문단속 잘하렴.

"유키노, 일단은 집으로 가자. 바래다줄 테니까. 책가방은
다음에 가져다줄게."

지금이라면 에가와 씨가 아직 집에 있을 터였다. 무언가
를 짐작한 듯한 유키노가 희미하게 눈살을 찌푸렸다.

키즈폰은 시외에 사는 엄마가 사준 거라고 한다.

"아빠한테는 비밀이에요. 그래서 집에서도 내내 책가방
안에 넣어놔요."

그 사실을 비밀로 하겠다고 약속한 뒤에야 집으로 가는
길 유키노의 이야기를 들을 수 있었다.

에가와 씨는 3년 전, 다니던 식품 가공 공장에서 해고되
었다. 새 일자리를 구하기가 만만치 않았고 가계 유지를 위
해 에가와 씨의 아내가 일을 시작했다. 부동산 거래 영업직
이었는데 아무래도 적성에 잘 맞았던 모양이다. 수입은 오히
려 남편이 일하던 때보다 늘었다. 그렇게 형편은 안정되었
으나 부부 사이는 점차 멀어져 갔다. 유키노는 '남자의 자존

심에 스크래치가 났다'는 표현을 썼다. 주위 어른 중 누군가
가 그런 말을 했던 것일까. 혹은 에가와 씨 본인이? 키와의
뺨으로 피가 치올랐다. 남자의 자존심, 그까짓 게 뭐라고.

에가와 씨의 아내는 결국 에가와 씨에게 이혼을 요구했
다. 남자 상사와 재혼을 하기 위해서였다. 그 남자와의 관계
가 시작되고부터 부부 사이가 나빠진 것인지, 부부 사이가
나빠지고부터 다른 남자에게 눈길이 간 것인지는 알 길이
없었다.

유키노의 설명은 두루뭉술한 점도 많았지만 방금 전화로
가나메에게 들은 내용과 조합해보면 대충 그런 경위인 듯
했다.

"아빠가 불쌍하니까요."

그래서 엄마가 아닌 아빠 곁에 남기를 택했다고 한다. 이
혼하고도 엄마는 종종 유키노를 만나러 왔다. 에가와 씨는
모녀의 면회를 금지하지는 않아도 아무렴 달가워하지도 않
았다. 그래서 엄마는 몰래 연락할 수 있도록 키즈폰을 사주
었다. 그걸 집에 그냥 두고 나갈 수도 없는 노릇이라 유키노
는 항상 책가방 안에 숨겨두었다.

엄마가 주는 양육비를 아빠는 지금도 한사코 마다하는
중이란다. 여기서도 '남자의 자존심'이 등장했다.

"그렇구나."

키와가 한숨을 내쉬자 "저기가 집이에요" 하고 유키노가 앞쪽을 가리켰다. 상상했던 대로 길쭉한 모양의 2층짜리 목조 빌라였다.

초인종을 누르고 얼마 지나지 않아 에가와 씨가 모습을 드러냈다. 출근 준비 중이었는지 목에 수건을 두르고 있었다. 한발 늦게 키와가 저와 같은 홍보위원임을 기억해낸 모양이었다. "어라? 안녕하세요. 아니 그러니까" 하고 웅얼거렸다.

"안녕하세요, 사카구치예요. 이렇게 갑자기 찾아와서 죄송합니다. 유키노를 역 앞에서 우연히 만나서 바래다주러 왔어요."

키와가 설명하자 미안쩍은 듯 머리를 숙였다.

활짝 열린 문 너머를 재빨리 훑어보았다. 커튼레일에 걸린 수많은 옷걸이며 부엌에 너저분히 쌓인 인스턴트식품. 그런 생활이 잘못된 것은 아니지만, 현재 상태가 벅차다는 낌새는 알아차릴 수 있었다.

남자의 자존심. 그 말을 떠올리니 또다시 뺨에 피가 치올랐다. 그깟 자존심 때문에 딸은 빌딩 틈새에서 시간을 때우고 있다.

"죄송하네요."

바쁘다 보니 애한테까지 신경을 잘 못 써서, 하며 머리를 긁적였다.

벽에 붙은 유키노의 그림이 보였다. 바깥 복도에 놓인 어린이용 자전거에는 방수 커버가 빈틈없이 씌워져 있었다. 집까지 오는 동안 유키노는 아빠를 탓하는 말을 한 번도 하지 않았다. 나쁜 아빠는 아닐 것이다. 다만, 혼자서는 한계가 있다. 손도 눈도 부족하다. 자존심이고 뭐고 간에 유키노를 좀 돌봐주세요, 라고 말하고 싶었다. 그러나 지금 그 말을 내뱉는 건 썩 괜찮은 방법이 아닐 터였다.

바른말을 있는 그대로 받아들이지 못하는 사람도 있다. 그렇다면 어떻게 말해야 하는 걸까. 이럴 때, 가나메라면 어떻게 할까.

"에가와 씨, 저기, 제가."

마음이 급한 나머지 목소리가 드높아졌다. 이마의 땀을 닦고 간신히 미소를 지어 보였다.

"지금 '애프터스쿨 가네'라는 데서 일을 해요."

"예에."

에가와 씨의 머리가 '고개를 갸우뚱한다'와 '끄덕인다'의 중간 같은 움직임을 했다.

"저기, 그래서 오늘은, 권해드리러 왔어요. 유키노의 등록을요. 어떠세요?"

"아아."

근데 비싸겠죠? 하고 에가와 씨는 고개를 갸웃했다. 한 달 이용료를 말하자 네? 하며 눈이 휘둥그레졌다. 금액이 예상외로 저렴해서일 것이다.

"보통 다 그런가요? 운영이 돼요?"

키와와 똑같은 말을 했다. 스폰서가 있다네요, 라는 말은 차마 하지 못했다.

정식 이용료를 내면 유키노는 떳떳이 '애프터스쿨 가네' 에 다닐 수 있다. 유복한 가정에서 자라온 가나메는 모를 수 있으나 어떤 아이들에게는 대단히 중요한 부분이지 않을 까. 떳떳이 있을 수 있다는 건.

멜론 소다, 고맙습니다. 문을 닫고 돌아가기 직전 유키노 가 말했다. 키와는 말없이 고개를 끄덕여 보였다.

"나가 있던 시간만큼 시급은 빼주세요."

퇴근 준비를 끝내고 말하자 가나메는 흐흥, 하고 웃었다.

"에가와 씨가 만약 정식으로 등록하시면, 영업 활동으로 도 볼 수 있으니 급여는 드려야죠."

다음에 만날 때 다시 설명하기로 약속했지만 에가와 씨 가 정말 '애프터스쿨 가네'에 등록을 할지 어떨지는 알 수 없었다. 생각보다 쌌을지 몰라도 그 돈을 지불할 수 있느냐 없느냐는 또 다른 문제일 것이다.

집으로 돌아오니 하루키는 한참 전에 식사를 마치고 게임에 한창이었다. 남편은 오늘도 스마트폰에서 흘러나오는 영상과 함께 설렁설렁 식사 중이었다.

"그거 재밌어?"

키와의 물음에 남편이 천천히 얼굴을 들었다. 저에게 물은 건지 아닌지를 확인하려는 듯이.

"밥 먹으면서도 보고 싶을 만큼 재밌어?"

실은 "그런 것 좀 보지 마"라고 말하고 싶었다. 식사 예절에 어긋나고 하루키한테 좋은 본보기도 못 되고, 무엇보다 요리해준 사람한테 실례잖아, 라고. 하지만 그렇게 말하면 남편이 불쾌해할 것을 알고 있었다. 여태껏 쭉 그래왔으니까.

아마 그러고 나면 다음 날 아침 집을 나설 때까지, 길게는 며칠이 지나도록 남편은 언짢은 기색을 보일 것이다.

언짢아하는 사람이 있으면 집 안은 어색해진다. 분위기가 가라앉는다. 아이는 그걸 민감하게 감지할 것이고, 자신은 그걸 중화시키고자 안간힘을 쓸 것이다. 결국은 본의 아니게 남편의 비위를 맞추는 짓까지 하고 말 게 틀림없다.

그러므로 최대한 에둘러 전달할 생각이었다. 하루키 앞에서는 싸우고 싶지 않았다.

그런데 눈곱만큼도 전달되지 않은 모양이었다. 귀찮음이

느껴지는 "딱히"라는 대답으로 그 사실을 알았다.

"밥 먹을 때 심심하잖아."

심심하다는 게 무슨 뜻일까. 할 일이 없다는 말을 하고 싶은 걸까. 키와는 하루키가 어릴 적, 하루키에게 밥을 먹이는 짬짬이 입에 쑤셔 넣다시피 급하게 식사를 하곤 했다. 맛도 제대로 느끼지 못했다.

어느 정도 크고 나서도 젓가락질에 신경 쓰고, 식사 중 자리를 뜨거나 장난감을 만지작댈 때 주의를 줘가며 먹어야 했으므로 분주하기 이를 데 없었다. 하지만 지금은 요리를 맛보는 데 집중할 수 있다. 이 얼마나 감사한 일인가 생각할지언정 밥 먹을 때 할 일이 없다는 느낌을 받은 적은 없다.

남편은 화면을 조작하고 있었다. 할 얘기는 다 끝났다는 양. 어떻게든 원만하게 전달하고자 했던 마음이 서서히 쪼그라들었다.

스마트폰을 열자 LINE에 엄청난 양의 메시지가 와 있었다. 예의 휴대전화 도난 사건으로 달아올라 있었다. 그런 짓 하는 애랑 같은 교실에서 공부시키고 싶지 않네요, 라고 누군가 말했다. 그러게 말이에요, 뭣하면 다른 초등학교로 강제 전학 보내고 싶을 정도예요(웃음), 라는 발언이 이어졌다. 농담이겠지. 그야 (웃음)을 붙였으니까. 그래도.

이내 동의하는 이모티콘이 줄을 이었다. 오늘 있었던 일은 세키를 통해 반 전체에 소문날 것이다. 키와가 그게 아니라고 설명하고 일시적으로 설득한다 한들 유키노에게는 어김없이 낙인이 찍힐 것이다.

짐짓 그런 짓을 할 만한 애, 라는 낙인이.

여느 때처럼 잠자코 화면을 닫으려던 집게손가락이 멈추었다.

내 말을 갖고 싶다.

사라져버렸을지 모르는 내 목소리를 되찾고 싶다.

성급하고도 거센 충동이었다. 내 말을 할 수 있는 사람이 되고 싶다. 누군가의 말을 내 것처럼 하는 게 아닌. 주위로부터 요구되는 말을 찾는 게 아닌. 누구라면 이렇게 말하겠지, 하며 상상의 윤곽을 모방하는 게 아닌, 내 목소리를 내고 싶다.

만약 반에 그런 애가 있다면,

글자를 입력하는 손끝이 사정없이 떨려 중간에 전송되고 말았다. '읽음' 표시의 숫자가 하나둘 늘어갔다.

어떻게 해야 할지 아이들끼리 궁리하면 된다고 생각해요. 신뢰를 되찾는 것도, 잘못한 상대를 용서하는 것도 쉬운 일은 아니지만, 그걸 배울 수 있는 좋은 기회가 되지 않겠어요? 그렇게 쓰고 싶었다. 그런데 손이 떨려서 글자를 입력할 수 없었다.

읽음 3, 읽음 4. 아무도, 아무것도 입력하지 않았다. 숫자만이 늘어갔다. 키와는 그걸, 떨리는 손끝을 볼에 가져다 댄 채로 그저 바라보고만 있었다.

마블 초콜릿

‖‖
‖‖

　새 학기 시작부터 종업식까지의 체감 일수가 해마다 짧
아져 가는 느낌이었다. 당사자인 아이들은 분명 그런 느낌
을 받지 못할 것이다. 키와 역시 어릴 적에는 그랬다. 하루
도 한 주도 한 해도 하품이 날 만큼 길었다. 여름 방학은 영
원과도 같았다.

　아침결에 잠깐 내린 비 때문에 도로는 축축이 젖어 있었
다. 물웅덩이가 햇빛을 반사해 눈 안쪽이 아팠다. 비 냄새가
남은 길을 잰걸음으로 걷다 보니 이마와 팔꿈치 안쪽에 땀
이 배었다. 살갗이 따끔따끔 가려웠지만 그걸 신경 쓰고 있
을 여유는 없었다. '애프터스쿨 가네'의 여름 방학 간식 시

간은 세 시 반으로 정해져 있다. 준비 시간을 생각하면 두 시까지는 장을 봐두어야 했다.

여름 방학을 맞아 지금껏 두 시부터 일곱 시까지였던 근무 시간이 아홉 시부터 네 시까지로 바뀌었다. 네 시 이후에는 요시에 씨라는 60대 여성과 교대한다. 예전에 가나토소아과에서 간호사로 일하던 사람이라고 한다. 앞으로는 그녀와 교대 근무를 하게 된다.

도시락을 지참해 아침부터 저녁까지 와 있는 아이는 1, 2학년이 대부분이다. 고학년 아이는 오후나 저녁때 오는 경우가 많다. 숙제가 끝나면 밖으로 놀러 나가버리기도 한다.

건물 안에만 틀어박혀 놀면 따분하지 않겠느냐며 가나메는 종종 아이들을 데리고 밖으로 나갔다. 하지만 날이 이렇게 더워서는 그럴 수 있는 시간도 오전 중 아주 잠깐뿐이었다.

너무도 심심해하기에 키와가 아이들의 간식 만들기 시간을 제안했다. 이러나저러나 간식은 매일 제공하므로 간식 시간과 놀이 시간을 합치면 그만이었다.

'애프터스쿨 가네'에는 제대로 된 부엌이 없다. 간소한 싱크대와 냉장고, 토스터만 있을 뿐이다. 보리차 등은 가져다 놓은 인덕션으로 끓이고 있다. 간식을 만든다 한들 대단한 요리는 할 수 없다. 토스터로 떡이라도 구울까요? 라고 가나메가 제안했다가, 이렇게 더운 때 떡 같은 게 먹고 싶어요? 라는 키와의 물음에 입을 다물었다.

"트라이플은 어떨까요?"

키와의 제안에 가나메는 얼마간 고개를 갸웃거리며 멀뚱히 서 있었다. 트라이플이 뭔지 모르는 모양이었다. 트라이플은 커스터드 크림과 스펀지케이크, 과일 등을 그릇 안에 층층이 쌓아 올리기만 하면 되는 디저트다. 엇비슷하게 만들어도 맛있게 완성된다. 애당초 재료를 그릇 안에 쌓아 올리기만 하면 되므로 실패하려야 실패할 수가 없다.

휘핑크림과 커스터드 크림은 키와가 집에서 준비해 왔다. 두 가지 크림이 든 밀폐 용기를 건네받은 가나메는 "우와, 맛있겠다. 스푼으로 떠서 그냥 먹어도 되겠어요"라며 웃고 있었다. 금고에 귀중품을 보관하는 듯한 공손한 손놀림으로 밀폐 용기를 냉장고 안에 집어넣던 모습이 떠올라 키와는 웃음이 날 뻔했다. 가나메는 단것을 좋아하는지 아이들 간식으로 산 쿠키나 초콜릿을 야금야금 집어 먹곤 한다.

'애프터스쿨 가네'의 이용료는 저렴하다. 가나메는 그 이유 중 하나를 '주된 지출이 공과금과 인건비밖에 없어서'라고 설명한다. 빌딩 소유주는 가나메의 아버지인 가나토소아과의 아빠 의사다. 그 설명으로 미루어보면 임차료는 발생하지 않는다는 게 된다. '양갓집 도련님의 취미'라 조롱받는 민간 돌봄센터에서 근무하는 키와는, 그럼에도 불구하고 절약에 신경 쓴다. 키와로서는 자신의 존재 의의를 거기서 찾아내고 싶다는 마음이 있었다. 전에 파트타임으로 일하던 곳처럼 주어진 업무를 멍하니 처리해나가기만 해서는 금방이라도 '당신은 필요 없다'는 말을 들을 것만 같아 두려운 것이었다.

잽싸게 장을 보고 돌아오니 하루키가 와 있었다. 키와가 센터 일을 시작하고부터 심심찮게 얼굴을 비친다. 가나메는 늘 그렇듯 "이용료는 됐어요"라고 말하지만 차마 못 할 짓이라 정식 이용료를 내고 있다. 뭘 위해 일하고 있나 싶을 때도 있지만 돈은 중요한 존재다. 쓸 때건 벌 때건.

하루키는 1학년 아이들과 함께 블록 보관함 가까이 앉아 있었다. 놀아주고 있다는 분위기가 짙게 풍겼다. 블록을 만지작거리기만 할 뿐 무언갈 조립하는 것도 아니었다. "봐! 봐!" 하고 법석을 떠는 1학년 아이에게 "응", "굉장하네"라며 고개를 끄덕여 보이는 아들의 모습은 평소보다 어른스러워 보였다.

하루키가 어릴 때, '친구들과 잘 못 어울린다'는 평가를 받은 적이 있다.

"의사소통하는 법은 형제가 있으면 자연스럽게 배울 수 있는데요, 외동이면 아무래도 좀."

누가 했던 말일까. 공원에서 만난 남의 집 애 엄마였는지 어린이집 선생님이었는지. 당시에는 외동이 뭐가 문제냐고, 집으로 돌아와 눈물을 흘릴 만큼 큰 충격을 받았는데 이제는 누가 했던 말인지도 생각이 안 난다.

가나메는 벽 쪽 책상에서 무언갈 적고 있었다. 그러는 동안에도 아이들이 쉴 새 없이 들러붙었다. 머리카락을 잡아당기거나 팔을 찔러댔다. 다들 가나메의 관심을 끌고 싶어 죽겠는지, 아이들의 언행이 점차 수위를 높여가다 급기야는 가나메의 등에 펀치를 날리기까지 했다. 가나메는 그런 아이들을 쫓아내지도 않고, 그렇다고 일하는 손을 멈추지도 않고 싱글싱글 웃고 있었다.

키와는 지금도 아이들이 한꺼번에 말을 걸어오면 마음이 급해져 "자, 잠깐만!" 하고 큰 소리를 내고 마는데, 가나메가 그러는 모습은 한 번도 본 적이 없었다. 자신만의 페이스를 유지하는 솜씨가 보통이 아니었다.

사 온 스펀지케이크를 네모나게 썰어 큰 접시에 담았다. 과일은 특가 상품 매대에 있던 귤 통조림과 파인애플 통조림뿐이다. 물기를 제거하고 깊이 있는 그릇에 담았다. 쓰레기를 정리하고 있는데 2학년인 아미가 옆에 다가왔다.

"키와 선생님, 뭐해요?"

"오늘 먹을 간식 준비 중이야."

좋아하는 재료를 이 컵에 직접 쌓아 올리는 거지, 라며 플라스틱 컵을 보여주었다. 컵은 제과 제빵 재료점에서 샀다. 물론 아미에게는 "백엔숍 같은 데서 사는 것보다는 그게 더 싸거든" 같은 말은 하지 않았다.

"아미도 이런 거 해봤어요. 식당에서."

그 식당이란 시내 쇼핑몰 안에 있는 뷔페 형식의 레스토랑을 말하는 듯했다.

"아이스크림이랑 과일 같은 걸 내가 직접 담는 거예요. 초콜릿 소스나 여러 가지 토핑을 뿌려서 먹는 거죠. 엄청 맛있어요."

"그러니? 되게 좋다."

아이들은 역시 '자기가 직접, 원하는 대로' 하기를 좋아한다. 아미가 말하는 레스토랑에 키와는 가본 적이 없다. 남편이 외식을 선호하지 않아서 가족끼리 어딜 가더라도 꼭 집으로 돌아와 밥을 먹는다. 밖에서 먹든 집에서 먹든 남편 입장에서는 별 차이가 없기 때문일 것이다. 집에서도 앉아만 있으면 요리가 나오고, 먹고 나서 그 그릇들을 설거지할 필요도 없다.

지금 이곳에 유키노가 있었다면 무슨 말을 했을까. 쓰고 난 식칼을 씻으며 그런 생각을 했다. 트라이플 만들기를 좋아해 주었을까.

유키노가 몰래 가지고 있던 휴대전화는 결국 에가와 씨

에게 들통나고 말았다. 그로부터 뭐가 어떻게 흘러갔는지는 몰라도 유키노는 엄마와 살게 되었다. 1학기를 끝으로 전학을 가게 됐고, 에가와 씨는 당연히 홍보위원에서 제외되었다. 유키노는 그 이후로 '애프터스쿨 가네'에 오지 않았으므로 키와가 유키노를 만난 건 그날이 마지막이었다. 빌딩 틈새에서 멜론 소다를 마시던 그날.

휴대전화 도난 사건은 아직껏 해결되지 않았다. 휴대전화 반입 금지에 대해서는 오카노 씨 무리가 해제를 요구하며 담임인 사와베 선생님과 몇 차례 협상을 거듭하고 있으나 아직은 보류 중이라고 한다.

여름 방학 중에도 교장실로 몇 차례 담판을 지으러 갔던 모양이다. 오카노 씨 무리는 담판 내용을 '4학년 1반'이라 이름 붙인 LINE 단체 대화방에 일일이 다 올리기 때문에 모르려야 모를 수가 없었다. 그녀들의 글에 다른 학부모들은 '고생하셨어요', '감사합니다' 같은 답장을 하거나 그런 의미가 담긴 이모티콘을 보내는 것이 정해진 수순이었다. 키와는 아무런 반응도 하지 않았다. 요즘은 화면조차 열어보지 않고 방치 중이었다.

지난번 LINE 단체 대화방에 보내려던 키와의 의견은 결국 어중간하게 잘린 채로 보기 좋게 묻혀버렸다. 무슨 말을 하려던 거예요? 라고 묻는 이는 한 사람도 없었다.

단어 선택의 문제였을 수도 있다. 타이밍이 나빴는지도 모른다. 어떻게 말했어야 묻히지 않을 수 있었을까.

"도와줄게요."

아미는 '돕기'를 좋아한다. 키와가 청소를 하고 있든 쓰레기 분리수거를 하고 있든 돕겠다며 다가온다. 도움을 받으면 시간이 되레 더 걸리기는 하지만 그렇다고 거절을 할 수는 없다. 경험을 쌓을 기회를 제공하는 것이 어른의 역할이다.

다만 키와는 도와줄 때의 아미의 태도가 신경 쓰였다. 키와의 얼굴을 쳐다보며 자꾸 "아미, 도움 돼요?"라고 묻기 때문이었다.

키와가 "도움 돼, 고마워"라고 말해도 크게 기뻐하는 것도 아니었다. 그저 조용히 "아, 네" 하며 끄덕일 뿐이었다.

"그럼 쓰레기를 버려줄래? 저쪽에 '플라스틱'이라고 적힌 쓰레기통이."

"네, 알아요."

끝까지 듣지도 않고 아미는 쓰레기를 움켜잡았다.

"아미는 여름 방학 숙제 잘돼가니?"

"거의 다 했어요."

학교 숙제 중 프린트물은 전부 끝냈고, 남은 건 그림일기 뿐이란다.

"대단한걸."

냉장고에서 크림이 든 밀폐 용기를 꺼내고 아미를 돌아보았다.

"학원 숙제는 남았지만요."

"아아, 그렇지."

아미는 바쁜 아이다. '애프터스쿨 가네'는 월요일부터 금요일까지 오는데, 그 닷새 중 사흘은 학원에 가야 해서 키와나 가나메가 등하원을 시켜주고 있다. 다행히 학원들은 전부 역 주변에 위치해 있어 그리 수고로운 일은 아니지만 '어린 나이에 힘들겠다' 싶은 느낌은 지울 수 없다. 일주일에 두 번씩 보습 학원과 영어 학원. '애프터스쿨 가네'에 오지 않는 주말은 피아노와 수영을 배운다고 하니 쉴 틈도 없는 셈이다.

아미의 엄마는 키와보다는 젊은 느낌이다. '애프터스쿨 가네'의 이용자 중 60퍼센트는 니노초등학교 학생인데, 아미는 노키 초(町)에 살고 있어 통학 구역이 다르다. 걸어갈 수 있는 거리임에도 선로 하나 넘는다고 통학 구역이 달라지는 것이다.

아미의 엄마에게는 '언제나 정장을 말쑥이 빼입고 있는, 일솜씨가 아주 뛰어나 보이는 여성'이라는 인상을 갖고 있다. 가나메에게든 키와에게든 "잘 부탁드립니다", "신세가 많습니다" 하는 딱딱한 인사를 해 오는 사람이다.

"아미가 1학년일 때는 거길 다녔다더라고요."

지난번 대화에서 가나메가 언급한 이름은 유명 민간 돌봄센터의 회사였다. 아미가 그곳을 관두고 '애프터스쿨 가네'로 옮긴 이유는 알 수 없었다.

하루키가 초등학교에 입학하기 직전, 그 민간 돌봄센터에 키와도 한 번 견학을 간 적이 있다. 견학 담당자는 "방과후 맡는 아이들을 빈둥빈둥 놀게 만들려는 목적이 아닙니다. 학교가 아닌 장소에서 아이들이 다양한 기술을 익힐 수 있도록 해주는 곳으로 생각해주시기 바랍니다"라고 말했다. 새로운 설비, 철저한 보안. 같은 시설 내에 수영, 댄스, 서예를 비롯해 보습 학원, 피아노 학원, 프로그래밍 학원 등이 갖춰져 있었다. 알찬 프로그램에 걸맞게 이용료는 현기증이 날 만큼 비쌌다.

주객전도나 다름없지. 챙겨 온 팸플릿을 흘끗 쳐다본 남편은 그렇게 내뱉었다.

"돈 버느라고 바깥일 하는 거잖아. 그거 생각하면 애 맡기는 비용으로 이렇게 큰돈은 못 쓰지. 무슨 의미가 있어, 학교 돌봄교실이면 충분한데. 당신이 한 달에 백만 엔을 받는다면 모를까 파트타임 월급이 해봐야 얼마나 되겠어?"

남편의 말은 대체로 틀린 말은 아니었으나 '해봐야 얼마나 되겠냐'는 부분은 무례했다. 무례하다고 지적하지는 않왔다. 하지 못했다고 해야 맞으려나.

"당신도 월 백만 엔 못 벌기는 마찬가지잖아"라는 반론은 사흘 뒤에야 생각났다.

당신은 아이 돌보는 일이 엄마 역할인 줄로만 아니까 내 실제 수입만을 기준으로 생각하는 것이다. 당신은 내가 들이는 수고를 0엔으로 치고 있다. 학교 끝나고 돌아온 아이를 돌보고, 이 학원 저 학원 데려다주는 수고는 다른 사람에게 맡기면 다 그만큼의 금액이 된단 말이다. 그렇게 말하고 싶었다. 사흘이 지나서야 겨우 생각이 정리되었다.

누군가에게서 예상치 못한 말을 들으면 즉각적으로 대꾸할 수가 없다. 며칠을 생각하고서야 '그렇게 말해줄걸' 싶은 말을 찾아낸다. 찾아냈을 즈음이면 상대는 이미 자기가 한 말을 잊어버린 상태다.

사흘 후에 반론하더라도 남편은 "그럼 그때 말하지 그랬어", "그 말을 왜 이제 와서 하는 건데?"라며 성가셔할 뿐이리란 걸 알고 있다.

언제부터 이토록 '의견을 주고받는' 일에 서툴러진 걸까. 감정을 언어화한다는 것은 엄청난 노력이 필요한 작업이고, 적어도 저에게는 막중한 임무나 다름없다는 생각을 키와는 하고 있었다. 여태껏 그 노력을 아껴왔으며, 그 결과 이렇게 제 말을 못 가진 인간이 되어버렸다.

어떻게든 손쓸 방법을 찾고 싶다. 이대로 가다가는 진정 목소리를 갖지 못한 인간이 되고 만다.

"그럼 이제, 이 봉지를 까서 접시에 담아줄래?"

더 돕겠다는 아미에게 대용량 마블 초콜릿(1961년 일본의 식품 회사 '메이지'에서 출시한 초콜릿으로, 국내에서 흔히 접하는 'M&M's' 초콜릿과 모양이 비슷하다—옮긴이) 봉지를 건넸다. 마트에서 잠깐 알록달록한 스프링클을 집어 들었다가 비교적 값이 저렴한 이쪽을 골랐다. 마블 초콜릿이라면 간식을 만들고 남더라도 그냥 먹을 수 있다.

빨간색, 노란색, 갈색. 선명한 색채들이 하얀 접시 위에 우수수 소리를 내며 쏟아졌다. 그중 몇 개는 접시 둘레에 닿아 바닥으로 떨어졌다.

"아이고."

바닥에 떨어진 초콜릿을 주워 모았다. 문득 고개를 들었다가 아미와 눈이 마주쳤다. 몸을 잔뜩 움츠린 채 얼어붙어 있었다.

뭔가를 실수했을 때 아미는 늘 이런 얼굴을 했다. 예전부터 눈치채고 있었다. 차를 쏟았을 때나 실수로 쓰레기통을 넘어뜨렸을 때. 예전부터 눈치채고 있었지만 모르는 체해 왔다. 지금도 그러려는 중이었다.

"죄송해요."

죄송해요, 죄송해요, 라고 되뇌는 아미의 얼굴이 점점 창백해졌다. 다른 아이들이 이쪽 상황을 신경 쓰고 있음을 낌새로 알아차렸다. 개중에 하루키가 포함되어 있다는 사실도.

　"괜찮아."

　떨어뜨리더라도 주우면 되지, 하고 미소를 지어 보였지만, 아미는 몸을 굳힌 채 키와를 쳐다보고 있었다.

　바닥에 떨어진 마블 초콜릿을 주울 때, 그리운 감정마저 들었다. 하루키도 군것질거리를 자주 흘리는 아이였다. 껌이나 라무네 캔디 용기를 뜯는 데 서툴러서 지나치게 힘을 주다 바닥에 쏟아버린 적이 한두 번이 아니었다. 차라리 집에서 그러면 다행이었다. 쇼핑몰 화장실에서 그런 일이 벌어질 때면 고의가 아님을 알면서도 화가 치밀어 올라 머리를 쥐어박고만 싶었다.

　주위의 차가운 시선도 한몫했다. 더는 먹지 못할 라무네 캔디를 짜증스럽게 주워 모으며 풀이 죽은 하루키를 쏘아본 기억이 있다. 당시는 "떨어뜨리더라도 주우면 되지"라며 미소 짓고 있을 만한 여유가 없었다. 하루키는 예민한 아이였기에 아까의 아미처럼 겁먹은 얼굴로 고개를 숙이고 있었다. 그 얼굴을 보고 있으면 '겁을 주고 말았다'는 후회와, 아주 약간의 우월감과, 우월감을 느끼고 만 자신에 대한 혐

오가 마음속에서 같은 비율로 뒤섞이며 정말이지 추접스러운 색조가 되었다.

나는 이 애를 지배할 수 있다. 놀랍게도 그런 일이 가능하다. 살짝만 화를 내도 나를 이토록 무서워하는 아이. 나는 이 애를 원하는 대로 주무를 수 있다. 부모의 사랑은 대가 없고 무한하다고들 하지만 실상은 그렇지 않다. 부모가 아이에게 받는 사랑이 훨씬 더 크며, 그걸 이용해 부모는 아이를 간단히 지배해버릴 수 있다.

내가 이 아이에게 주고 있는 것이 정녕 애정이 맞을까, 어스름한 지배 욕구에 사로잡혀 있을 뿐 아닐까, 혹은 그저 화풀이에 불과한 것 아닐까, 하고 늘 머리 한구석에서 스스로에게 물어왔다. 지금도 마찬가지다.

"키와 씨."

어느 틈엔가 가나메가 등 뒤에 와 있었다. 아이들이 사용한 플라스틱 컵을 씻던 손을 멈추고 돌아보았다.

"애들 바래다주고 올게요."

학부모가 데리러 오는 아이도 있는가 하면 집까지 바래다줘야 하는 아이도 있다. '애프터스쿨 가네'는 아이를 혼자 보내지 않는다. 요 한두 달 새 여자아이를 노린 사건이 시내에서 빈발하는 중이었다. 등 뒤로 슬그머니 다가와 대뜸 부둥켜안거나 아이의 몸에 손을 대곤 하는 모양이었다. 범인은 아직도 잡히지 않았다.

방에는 아직 아미와 또 한 명의 1학년 아이가 남아 있었다. 하루키는 이미 집으로 돌아갔다. 가기 전 배가 고프다는 하루키에게 "저녁 준비 아직 안 됐는데"라고 키와가 말하자, 하루키는 들뜬 목소리로 "아, 그럼 컵라면 먹어도 돼?" 하더니 어딘가 의기양양한 모습으로 돌아갔다. 품 들여 만든 요리보다도 컵라면 하나에 더 신나 하는 아들을 보고 있자니 복잡한 기분이었지만 애들은 원래 다 그런 법이겠거니 체념하는 마음도 들었다.

"이제 곧 요시에 씨가 오실 테니 교대하고 퇴근하세요. 수고 많으셨어요."

"네, 그럴게요."

별안간 가나메가 제자리에 쭈그리고 앉았다. 뭐가 떨어졌네, 하며 하늘색의 동그란 물체를 집어 들었다. 조금 전 접시에서 쏟아진 마블 초콜릿이 아직 남아 있었던 모양이다.

"그 트라이플이라는 거요, 맛있었어요."

"그래요? 다행이네요."

"커스터드 크림이 가게에서 파는 것 같던데요. 그런 걸 만드실 줄 안다니 대단하세요."

"대단하긴요, 간단한 건데요 뭐."

"키와 씨에게는 간단한 거겠죠. 똑같은 일을 누구나 똑같이 할 수 있는 건 아니니까, 할 줄 아는 일은 '나 할 줄 알아, 대단하지?' 하고 자신감을 가져도 되지 않을까요?"

키와의 대답을 기다리지 않고 가나메는 아이들 쪽을 향했다.

"자, 가볼까?"

고맙다는 말을 하지 못했다. 말할 타이밍을 놓쳤다. 가나메와 아이들이 나가는 소리를 들으면서야 그렇다는 데 생각이 미쳤다.

에가와 씨가 빠지면서 니노초등학교의 홍보위원은 다섯 명이 되었다. 그럼에도 자신이 고립되는 구도는 앞으로도 변하지 않으리라 키와는 생각했다.

8월 정기 회의 날, 여느 때처럼 교무실을 향해 복도를 걸어가고 있는데 위원장 가사이 씨가 교무실에서 나왔다. 회의실 열쇠를 들고 있었다.

"안녕하세요."

"안녕하세요."

둘이 동시에 말한 나머지 웃음이 나고 말았다. 일대일로 이야기한 적은 아직 한 번도 없었다. 흐릿한 긴장감을 의미 없는 웃음으로 얼버무렸다.

"오늘은 딱 맞춰 와서 다행이다. 사카구치 씨, 매번 제일 먼저 와서 회의실 준비해주시잖아요."

복도를 걸으며 가사이 씨가 키와의 얼굴을 들여다보았다.

"그렇…… 죠."

"늘 죄송스러웠어요."

"네?"

"아니, 어쨌거나 제가 홍보위원장이긴 하잖아요."

제비뽑기로 걸렸을 뿐이지만 어쨌든 위원장은 위원장이니까, 라고 이어 말했다. 키와에게만 부담을 주고 있는 점이 마음에 걸렸다고 한다.

"회의실 준비하러 일찍 가려고 맘먹어도 매번 빠듯하게 도착하지 뭐예요. 미안해요."

"괜찮아요."

나 혼자 먼저 가서 준비해놓으라고 어디 몰래 숨어 있었던 게 아니구나. 못된 의심을 품고 있던 스스로가 부끄러웠다.

"아, 오늘 무라오카 씨는 지각이래요. 아까 연락받았는데 야근하신다네요."

"그렇군요."

언제나 바빠 보이는 무라오카 씨의 다급한 동작을 떠올리며 끄덕였다.

"이제 에가와 씨도 없으니 남은 다섯이서 힘내봐야죠."

"그래야죠."

가사이 씨는 유키노가 전학을 가게 된 경위를 알고 있느냐 물었지만 잘 모른다고 둘러댔다. 누군가 계단을 내려오는 기척이 나 얼굴을 들었다. 선생님인 줄 알았는데 아니었다.

"쓰츠미 씨."

키와의 말에 그 여성은 떨구고 있던 고개를 들었다. 아, 하루키 어머님, 하고 가녀린 목소리를 냈다.

아이들이 같은 반인 데다 같은 아파트에 살기까지 해서 쓰츠미 씨네 집안 사정은 적극적으로 알려 하지 않아도 귀에 자연스레 흘러들어 왔다. 부부와 아들 세이야, 남편의 어머니까지 넷이 함께 살고 있고 집은 가장 넓은 맨 끝 집, 방 네 개짜리 구조란 사실도, 그래서 매달 나오는 관리비 등이 키와네 집보다 비싸단 사실도, 재작년에 부부가 이혼해 아내 혼자 집을 나갔다는 사실도, 최근에 재결합해 집으로 되돌아왔다는 사실도.

쓰츠미 씨에 이어 사와베 아미 선생님이 나타났다. 4학년 교실 열쇠를 들고 있었다. 교실에서 무슨 이야길 나누고 있었나 보다. 선생님이 쓰츠미 씨를 호출했거나 쓰츠미 씨가 선생님에게 무슨 상담을 요청했을 수도 있다.

"아, 안녕하세요. 오늘 회의였죠."

터질 듯한 미소를 머금으며 사와베 선생님이 둘에게 머

리를 숙였다.

"조금 늦을지도 몰라서, 먼저 시작해주시겠어요?"

사와베 선생님이 교무실 쪽을 가리키는 듯한 몸짓을 했다. 아직 업무가 남았다는 뜻이리라. 바쁘지 않은 사람이 없다.

쓰츠미 씨는 이미 계단을 내려가 나가는 문으로 향하고 있었다.

"방금 그 사람, 아는 사람이에요?"

회의실 앞에서 가사이 씨가 물었다.

"쓰츠미 씨요? 네, 같은 아파트에 살고 아이도 같은 학년이라서요."

키와의 가족이 사는 아파트에는 나이 지긋한 주민들이 많다. 그들은 어떻게 그런 것까지 알고 있나 싶을 만큼 다른 주민들에 대해 빠삭하다. 그리고 알게 된 내용은 주위에 퍼뜨린다. SNS도 부럽지 않은 확산력을 그들은 가지고 있다.

적당히 맞장구치며 키와는 늘 '우리 집 얘기도 이렇게 이러쿵저러쿵해대겠지' 생각하곤 한다. 남들에게 손가락질당할 만한 짓은 안 하고 산다고 생각하는데, 누가 어떻게 보든 신경도 안 쓰일 경지까지는 이르지 못했다.

"그 사람, 몇 년 전 동네 운동회에서 본 적 있어요. ……참 힘들겠어요."

가사이 씨는 영문 모를 고성을 지르며 학교 운동장을 뛰어다니거나 다른 경기에 난입하려는 세이야를 쓰츠미 씨가 필사적으로 뒤쫓아가 말리는 모습을 본 모양이었다. "키우기 힘든 아이라 안됐어요"라는 말을 그녀는 자연스레 내뱉었다.

세이야는 확실히 좀 산만한 아이다. 1학년 때는 계단참에서 점프하다 팔이 부러진 적이 있다. 수업 중에도 보통 가만히 있질 못해서 일주일에 한 번씩 특수반을 다니고 있다. 그 탓에 오해를 받는 상황도 많이 생기지만 원래는 무척 착한 아이라고 키와는 인식하고 있다. 하루키도 그렇게 말한다.

쓰츠미 씨 부부는 곧잘 세이야의 양육 방식을 두고 옥신각신하며 몇 번의 갈등을 겪었던 모양이다. 그러다 끝내 이혼하기에 이르렀다는 것인데, 이건 쓰츠미 씨 본인이 키와에게 직접 털어놓은 이야기가 아니다. 그래서 가사이 씨에게는 말하지 않았다.

스마트폰을 꺼낸 가사이 씨가 "아" 하고 혼잣말하더니 키와를 보았다.

"오늘 다나카 씨랑 가도쿠라 씨도 못 오신대요! 애들이 다 열이 나는 모양이에요."

"정말요? 여름 감기가 유행인가 보네요."

"그런가 봐요. 잠깐 답장 좀 보낼게요."

답장하느라 바쁜 가사이 씨 옆에서 키와는 다이어리를 꺼냈다. 늦는다는 무라오카 씨와 사와베 선생님이 올 때까지 가사이 씨와 단둘이 있어야 하는 건가.

답장을 끝낸 가사이 씨가 키와의 다이어리를 힐끗 쳐다보더니 "우와, 다이어리가 엄청 깔끔하네요" 하고 중얼거렸다.

"그런가요?"

다이어리는 펼쳐둔 상태였다. 누가 보면 곤란할 만한 일정은 적혀 있지 않았다. '애프터스쿨 가네'의 업무와 식단 메모 정도였다. 직장, 학교 관련 일과 그 외의 일정을 각각 다른 색상 펜으로 구분해 적은 정도인데 가사이 씨는 "예쁘다", "깔끔해라" 하고 자꾸만 극찬했다.

"사카구치 씨, 혹시 그림 같은 것도 잘 그리지 않아요?"

"아뇨, 전혀요."

"또 그런다."

가사이 씨는 키와의 겸손을 능청스레 받아넘기곤 가방에서 둥글게 만 도화지를 꺼냈다.

"오늘 포스터 그릴 사람을 정하려고 했는데, 지금 둘이서 그냥 그려버릴래요?"

여름 방학이 끝나고 처음 돌아오는 토요일에 열리는 '니노 축제'를 위한 포스터였다. 이 행사는 학부모회가 주최하는 축제라고 보면 된다. 6학년이 교실을 귀신의 집으로 꾸미거나 학부모회 위원이 과녁 맞히기, 탱탱볼 건지기 등의 코너를 마련한다.

키와가 속한 홍보위원회는 주스 바 담당이었다. 사전에 전교생들에게 나누어준 교환권을 캔 주스와 교환해주기만 하면 되는 간단한 업무이지만, 교내에 게시하는 포스터는 매해 각 위원회마다 수작업으로 제작해야 한다.

그림을 잘 그리느니 어쩌니 하던 건 이걸 시키기 위한 작전이었구나. 키와는 쓴웃음을 지으며 도화지 위에 연필을 놀렸다. 스마트폰 사진에 의지해가며 초등학생 여자애들에게 인기 좋은 캐릭터가 주스를 들고 있는 그림을 그렸다.

"거봐, 잘 그리는 거 맞으면서."

그려야 할 포스터가 두 장인 모양인지 가사이 씨도 도화지를 펼치고 있었다. 색연필까지 꺼내는 걸 보면 애초부터 이자리에서 누군가에게 그림을 그리게 할 작정이었나 보다.

"그 그림, 따라 그려도 돼요?"

"물론이죠. 뭐, 원래 제 그림도 아니라서."

그림을 그리며 잠시 이야기를 나누었다. 애들은 왜 품 들여 만든 요리보다 굽기만 한 소시지나 컵라면 따위를 더 반기냐느니, 집 근처 서점이 백엔숍으로 바뀌어서 슬프다느니 하는 대화를 주고받으며 밑그림을 완성하고 색을 칠해나갔다. 가사이 씨는 생각했던 것 이상으로 유머러스했고,

둘 사이의 대화 주제가 이토록 풍부하다는 데 키와는 내심 놀라고 있었다.

아마 다른 위원인 다나카 씨, 무라오카 씨, 가도쿠라 씨도 일대일로 이야기하면 이렇게 허물없는 모습을 보일 것이다. 여럿이 모인 곳을 향해 가려다 보니 경계하게 되는 것이리라.

가사이 씨가 수입 식품 회사에 자전거로 출퇴근하는데 살이 빠질 줄 알았더니 되레 다리만 두꺼워져서 성질난다는 말을 하기에 키와도 일 이야기를 했다.

"아아, 우리도 전에는 가나토소아과 다녔어요."

가사이 씨도 가나토소아과에서 역 뒤편에 생긴 새 소아과로 옮겼다고 한다.

"듣자 하니 젊은 남자가 운영한다면서요, 2층에 있는 돌봄센터."

"맞아요. 실은, 중학교 동창 남동생이에요."

어머나, 하고 가사이 씨가 눈을 휘둥그레 떴다.

"그런 일도 다 있네."

"아무래도 고향이다 보니."

키와는 계속 색연필을 움직였다. 갈색 곰과 노란 병아리를 닮은 새 캐릭터. 하루키도 어린이집에 다닐 때 이 캐릭터를 좋아했다. "남자애가 너무 귀여운 것만 좋아해서 걱정이야"라고 남편이 무심한 투로 말했을 때 별 의문도 없이 수궁했던 기억이 둔한 통증과 함께 떠올랐다. 우리는 대체 왜, 뭐가 '걱정'이었던 걸까.

지난주, 가나메는 분홍색 티셔츠를 입고 있었다. 잘 어울렸고, 아이들도 그 색깔에 대해 가타부타 말이 없었다.

키와가 어릴 적에는 남자애가 분홍색 옷을 입고 있으면 남녀를 불문하고 주변 애들이 "여자 색이다" 하며 야단이었다. 향긋한 샴푸를 쓰는 남자애는 '누나와 같이 목욕한다'고 놀림받았고, 남자애들이 선호할 만한 놀이를 좋아하는 여자애는 '남자한테 인기 끌고 싶어 한다'며 미움받았다.

세상은 변해간다. 변하고 있다. 그러나 변하지 않는 이들도 많다. 그런 이들에게 상처받는 일이 없도록 미리 손써두려는 자신과 남편 같은 인간이야말로 실은 가장 악질일지도 모른다.

가나토빌딩 소유주는 가나토소아과의 아빠 의사이고, 그 아빠 의사의 아들이 가나메라는 사실에 가사이 씨는 웬일인지 상당한 흥미를 보였다.

"그래요? 의사 집안에 태어나서 의사를 안 하겠대요?"

"병원은 첫째 아들이 이어받았고, 누나…… 제 동창도 의사라서 그 부분은 문제없는가 봐요."

그렇구나, 하며 가사이 씨가 몸을 배배 꼬았다.

"부모 형제가 다 의사인데 혼자만 아니라니. 어우, 갈등이 이만저만이 아니겠네. 안쓰러워라."

가사이 씨가 말하는 '갈등'은 외국어처럼 들렸다. 이따금 가나메가 아빠 의사나 아들 의사, 즉 가나메의 형 겐과 이야기하는 모습을 목격하곤 하는데 사이가 꽤 좋아 보인다. 애당초 사이가 나빴다면 '애프터스쿨 가네'를 군이 가나토소아과 2층에 차리지 않았을 것이다. 그리고 설령 사이가 나쁘다 하더라도 그건 그들끼리 처리할 문제였다.

"어떤 스타일이에요? 역시 좀 괴짜 같은가?"

가사이 씨는 의사 집안에 태어나 의료계로 진출하지 않았으니 '괴짜'일 거라 단정 짓고 있었다. 악의가 털끝만큼도 없다는 점이 외려 무서웠다. 가사이 씨는 소탈한 사람이라는 아까까지의 마음과 지금 느껴지는 무서움은 상반된 것이 아니었다. 대부분의 사람들 내면에 흔히 공존하는 성질이었다. 분명, 키와의 내면에도.

솔직히 말해 가나메가 어떤 사람인지는 아직 잘 모르겠다. 동네 사람들이 말하는 것만큼 무능한 인간이지도 개차반이지도 않다는 사실만은 분명하지만, 그렇다는 구체적인 근거를 대기는 어려웠다. 그냥 같은 공간에서 함께 시간을 보내다 보면 저절로 그렇게 느껴진다고밖에 말할 수 없었다. 그래서 "사와베 선생님, 늦으시네요" 하며 대화 주제를 바꾸었다.

"그러게요. 열혈이랑 같이 있는 거 아니에요?"

가사이 씨가 말하는 '열혈'이 3학년 반 담임의 별명이라는 사실을 처음 알게 되었다. 본인이 열혈교사여서가 아니라 그런 이미지를 가진 모 연예인과 얼굴이 닮아서라는 이유였다.

"사카구치 씨, 에토 초에 있는 이탈리안 레스토랑 알아요? 거기서 그 선생님들이 단둘이 식사하고 있었다는 소문이 있거든요."

"소문…… 이잖아요?"

"그렇긴 하죠. 아니 그래도 학부모들 중에 봤다는 사람이 있다니까요! 분위기가 여간 다정한 게 아니었나 봐요. 열혈은 부인하고 자식도 있는데 말이죠. 어쩌면 좋아."

"예에."

가사이 씨가 "불륜은 좀 아니지"라고 이어 말하며 색연필을 넣었다.

"그래도 정확한 사실은 모르는 거잖아요?"

생각보다 힘 있는 목소리가 나왔다. 가사이 씨가 순간 놀란 기색으로 손을 멈춘 것이 시야 끝에 잡혔다.

8월 13일부터 15일까지 '애프터스쿨 가네'는 휴업에 들어간다. 1층 가나토소아과는 이미 12일부터 16일까지 휴진한다는 벽보를 붙여두었다.

"고등학교 때부터 매년 오봉(양력 8월 15일에 지내는 일본의 명절—옮긴이)에는 할아버지 댁에 가거든요."

잠긴 창문을 신중히 확인하며 가나메가 말했다. 오늘은 갑자기 병이 나서 결근한 요시에 씨 대신 키와가 저녁 일곱 시까지 남아 있었다. 아이들은 이미 모두 집에 바래다주었다.

"큰집에 가시는 거네요."

'큰집'은 나가사키에 있다고 한다. 가나토소아과의 아빠 의사는 그 나가사키 집의 셋째 아들이며, 할아버지는 가나메가 어릴 적 돌아가셔서 기억에 없다. 하지만 부모님과 형제들이 '할아버지 댁'이라 부르므로 가나메도 그 명칭을 따라 쓴다고 설명해주었다.

"리에…… 도 가나요? 나가사키에."

"아뇨, 누나는 요 몇 년 얼굴을 비친 적이 없네요."

외딴섬에서 진료소를 운영하는 가나메의 누나 리에는 이 동네를 찾는 일도 거의 없다고 한다.

"그래도 키와 씨 얘길 했더니 반가워했어요."

"전화도 해요?"

"스카이프로 대화해요. 가끔이지만."

혹여나 내 여동생이 멀리 이사를 가게 된다면 굳이 이렇게 전화나 스카이프로 대화를 할 생각이 들까. 사이가 나쁜 건 아니고 만나면 그런대로 대화도 즐겁지만, 굳이 그래야 한다고 생각하면.

그렇다면 역시 가나토 집안의 형제는 일반적인 사람들과 비교해도 사이가 좋은 부류에 속한다. 가사이 씨가 말하는 갈등 같은 건 없어 보인다.

"차라도 한잔하실래요?"

이제 문만 잠그면 되는 단계에서 가나메가 불쑥 그런 말을 꺼냈다. 그 이유는 알 수 없지만 키와에게도 좋은 기회였다. 가나메에게 하고 싶은 이야기가 있었다. 역 구내 패스트 푸드점에 가기로 했다.

"이 역 주변은 적당한 카페나 찻집이 없네요."

"네, 저도 예전부터 느꼈어요."

아예 없는 것은 아니다. 있기는 있다. 다만 굳이 거길 들어가고 싶으냐 물으면 사양하고 싶어지는 가게뿐이다. 테이블이 지나치게 작고 비좁다든가, 분위기가 수선스럽다든가, 담배 냄새가 지나치게 지독하다든가.

"지금 일하시는 데 무슨 어려운 점은 없으세요?"

커피 두 잔을 주문해 창가 자리에 앉자마자 가나메가 물었다. 줄곧 물어보고 싶었는데 이야기할 기회가 없었다며 어깨를 으쓱했다.

"애들이 있을 때는 키와 씨랑 그렇게 오래 얘기할 수가 없어서."

"그렇죠."

지금껏 일했던 어느 직장에서도 고용주에게 이런 질문을 받은 적은 없었다. "일은 잘돼가?" 정도의 말은 들어봤을지언정 일부러 시간을 내서 의견을 물어봐 주는 경우는 처음이었다. 그 말을 하자 가나메는 집게손가락으로 눈썹 위를 긁적였다.

"고용 점장으로 일했을 때, 직원들의 불만이나 푸념은 시간을 써서라도 들어두라고 오너가 가르쳐줬거든요."

점장이라니, 무슨 가게에 있었는데요? 하고 묻자 눈썹을 긁는 손가락의 움직임이 멈추었다.

"여자애들이 많은 가게요."

"여자애들이 많은 가게……."

무척 흥미로웠지만, 가나메의 질문에 아직 대답하지 않은 사실이 떠올랐다.

"크게 없어요. ……아, 숙제를 봐주는 게 좀 어려워요."

아이들한테 어디까지 간섭해도 되는지 잘 모르겠어서, 라며 어깨를 움츠리자 가나메는 가볍게 끄덕였다.

"머리로는 알아도 남한테 설명하려니 방법을 잘 모르겠고요."

"앞으로의 과제가 되겠네요."

가나메는 노트를 펼쳐 메모하고 있었다. 숙제. 지도. ↑외
주? 아르바이트? 라고 줄줄이 적혀나가는 글자들을 바라보
았다. 외주. 설마 숙제 하나 봐주는 것 때문에 굳이 새로운
사람을 고용할 생각인 건가.

옆 테이블에서는 다 떨어진 셔츠를 입은 노인이 종이컵
에 든 커피를 홀짝대고 있었다. 안쪽 테이블에는 고등학생
무리. 이따금씩 카랑카랑한, 즐거워 보이기보다는 비명과
도 가까운 웃음소리가 났다.

"아미 일이 좀 마음에 걸려요."

줄곧 가나메와 이 일을 상의하고 싶었다. 키와는 아미 일,
이라고만 말했다. 어떻게 설명해야 좋을지 난감한 탓이었
다. 그런데도 충분히 전해진 모양이었다. 어쩌면 가나메도
같은 것을 느껴왔는지 모른다.

그 후로 수차례 생각했지만 아미의 태도는 역시 그냥 넘
길 만한 것이 아니었다. 바닥에 흘린 마블 초콜릿의 색깔과,
삽시간에 하얗게 질려가던 아미의 얼굴이 자꾸만 영상으로
되살아났다. 머지않아 돌이키지 못할 일이 벌어질 것만 같
은 기분을 지울 수 없었다.

"키와 씨가 걱정하시는 건 학대 같은 건가요?"

"아뇨, 그 정도까지는 아니고요."

황급히 두 손을 내저었다. 아미의 태도에 거듭 미심쩍음을 느끼면서도 모른 체해온 이유는 귀찮았기 때문이 아니다. 학대 같은 단어를 조심성 없이 사용해서는 안 된다고 생각했기 때문이다. 부모라면 누구나 과하게 야단치고 만 경험이 한 번쯤은 있을 것이고, 그에 과하게 길들고 만 아이 역시 적지 않을 것이다.

"걱정할 필요 없어 보이긴 해요…… 어머님도 똑 부러진 분이신 것 같고요."

"똑 부러진 사람도 잘못된 행동은 할 수 있어요."

웬일인지 강한 어조로 말한 가나메는 이내 고개를 숙였다. 키와 역시 마찬가지로 고개를 숙였다. 그렇다 하더라도 아미가 '학대를 당하고 있다'고 단정 짓기는 너무 성급했다.

'학대'라는 두 글자에 과민해지는 이유는 자신이 없기 때문이다. 그런 말을 듣는 건 몹쓸 부모로 낙인찍히는 것이나 다름없다. 키와라면 도저히 견디지 못할 일이었다.

수첩을 꺼낸 가나메와 제 모습이 유리창에 비쳐 있었다. 키와는 그걸 멍하니 바라보면서 만일 이러고 있는 모습을 누군가 목격한다면 수상하다느니 그렇고 그런 사이라느니 하며 오해하려나, 생각했다. 사와베 선생님과 열혈 선생님이 그랬듯. 그저 남녀가 자리를 같이할 뿐인데.

"가나메 씨는 센터를 왜 차리고 싶으셨어요? 아이들을 좋아해선가요?"

가나메는 커피를 한 모금 마시더니 얼마간 생각했다.

"자주 받는 질문인데, 아이들이 좋아서는 아니에요. 그래도 웬만한 생명체는 다 좋아하긴 해요, 재밌어서."

"생명체요?"

"인간도 생명체니까요."

저희 아버지가 소아과를 하시는데요, 말하며 가나메가 의자 등받이에 등을 기댔다.

"네, 알아요."

"산모수첩에 '어린이 헌장'이 적혀 있잖아요."

적혀 있었던 것 같은데 키와는 제대로 읽어본 적이 없다. 솔직하게 털어놓자 가나메는 살짝 웃으며 눈썹 위를 긁었다.

"대부분은 그럴지도 모르겠네요. 근데 저희 어머니 아버지가 그런 얘길 자주 하셨거든요."

어린이는 한 인간으로서 존중받아야 한다.
어린이는 사회의 일원으로서 대우받아야 한다.
어린이는 좋은 환경 속에서 자라야 한다.

가나메는 줄줄 암송해 보였다. 전문을 암기하고 있다고 했다.

"아홉, 모든 어린이는 바른 놀이 시설과 문화재를 제공받고 나쁜 환경으로부터 보호받아야 한다, 라고 쓰여 있어요."

그래서 어른이 되면 나도 아이들을 보호하는 입장이 되는구나, 하고 지극히 당연하게 생각해왔죠. 온화한 투로 말하는 가나메의 모습이 유리창에 비쳐 있었다. 실물보다 흐릿하고 멀리 있는데도, 왠지 그곳에 진실이 있는 듯한 기분이 들어 키와는 눈을 뗄 수 없었다.

"근데 아버지처럼 소아과 의사가 되는 건 좀 아닌 것 같았어요. 머리가 나빠서 애초에 무리기도 했지만요."

"가나메 씨가 머리가 나쁘다뇨."

황급히 끼어들었지만 가나메는 작게 어깨를 으쓱일 뿐이었다.

"집만으로는, 학교만으로는 아이를 '나쁜 환경'으로부터 보호할 수 없겠다는 사실을 깨닫고 센터를 시작한 거예요."

이런 데 있기 싫어. 하루키가 썼을지 모르는 그 나무 팻말을 다시금 떠올렸다. 실은 오늘 가나메에게 묻고 싶었지만 입이 떨어지지 않아서, 퇴근도 못 한 채 마냥 우물쭈물하고 있었다.

"저는 아들을 '나쁜 환경'에 두고 있나 봐요."

"왜 그렇게 생각하세요?"

"하루키는 벗어나고 싶어 하거든요. 학교인지 집인지는

몰라도요. 정원 나무에, 아이들이 소원을 적은 팻말이 걸려 있잖아요? 제가 전에 했던 질문 기억나세요? 이런 데 있기 싫어. 그 팻말은 하루키가 쓴 게 틀림없어요."

"벗어나고 싶어 한다고요?"

"네."

"잘된 일이네요."

잘된 일은 무슨, 남 일처럼 말하긴. 울컥해서 고개를 들자 가나메는 유쾌하게 웃고 있었다.

"저도 초등학교 졸업하기 전까지 수십 번씩 가출했어요. 말 그대로, 이런 데 있기 싫다면서요. 그렇다고 아버지께 야단을 맞은 적은 없어요. 당신도 그랬었다더라고요."

멀리 떠나고 싶어 하는 건 아이의 본능이지 않을까요? 라는 가나메의 말뜻을 키와는 알 수 없었다.

"본능? 그런가요?"

"자립심이 커지고 있단 증거니까요. 부모 곁을 영영 떠나기 싫다며 지나치게 의존하는 쪽이 외려 걱정이죠."

가나메가 키와의 텅 빈 종이컵을 들여다보았다. 가실까요? 라는 말에 일어섰다.

둘로 나뉘어 집으로 돌아가는 길, 키와는 가나메의 말을 곱씹었다. 멀리 떠나고 싶어 하는 건 아이의 본능.

하루키가 멀어졌다는 생각을 하고 있었다. 하지만 이제

는 놓아줄 시기가 찾아온 것이리라. 아주 조금 눈물이 났다. 엄마, 엄마, 하며 엉겨 붙던 조그만 손. 키와의 치맛자락을 꼭 쥐고 있던 손.

눈물이 볼을 타고 흘러내렸다. 보슬보슬 가벼운 눈물인지라 키와는 닦지도 않고 계속 걸었다. 슬퍼서 우는 것은 아니었지만, 어떤 감정에서 흘러나온 눈물인지도 알 수 없었다.

시작될 때도 빠르다고 느껴졌던 여름 방학은 끝나는 것역시 빨랐다. 개학식 날 아침, 세면대에서 선크림을 꼼꼼히 바르며 거실에 있는 하루키에게 들리도록 소리쳤다.

"하루키, 이제 10분 뒤에 나가야 해."

초등학교까지는 반끼리 집단 등교를 하게끔 돼 있다. 아파트에서 몇 미터 떨어진 광장이 집합 장소고, 학부모 동반 등교 당번이 약 석 달 간격으로 돌아온다. 새 학기 벽두부터 키와의 차례였다.

설거짓거리가 남아 있었다. 쓰레기 정리도 아직이었다. 빨래를 널 시간은 없어 보였다. 당번인 날은 아침마다 늘 시간 분배에 실패하고 만다. 그래서 당번을 맡는 일주일 동안은 매일 아침 정신이 없다.

6학년 반장을 앞세워 두 줄로 선 아이들이 걸음을 뗐다. 키와는 그 뒤를 따라갔다. 당번일 때는 노란 완장과 명찰을 차야 한다. 그게 부끄럽다는 학부모도 있는데, 키와는 이게 있어 다행이라고 생각한다. 초등학생들 뒤를 맨몸으로 따라다니는 것만큼 수상해 보이는 짓도 없기 때문이다.

어제, 괴한 알림 문자가 왔었다. 이번에도 또 여자아이가 피해를 입었다고 한다. 자세한 내용은 쓰여 있지 않았으나 보아하니 역 주차장에서 성추행을 당한 모양이었다.

아동에게는 행동을 조심하도록 지도하라는 말도 쓰여 있었다. 의도는 이해한다만, 왜 항상 피해를 입는 쪽이 조심해야만 하는 것인지 납득이 가지 않는다.

횡단보도를 건너 모퉁이를 돌자 초등학교 정문이 보였다. 보통은 교장 선생님 혼자 서서 아이들을 맞아주는데 오늘은 옆에 경찰이 있었다.

조금 떨어진 곳에 학부모 몇 명이 모여 이야길 나누고 있었다. 자신과 마찬가지로 동반 등교한 당번들인 줄 알았는데 아니었다. 쓰즈미 씨의 모습이 보였다. 모두 4학년 학부모임을, 오카노 씨 무리도 있음을 깨달은 때에는 제법 가까운 거리까지 와 있었다. 아이들이 정문 안으로 빨려 들어갔다.

키와의 눈에는 그녀들의 모습이 젤리처럼 불투명한 막에 싸인, 한 덩어리로 된 거대한 물체로 비쳤다.

안녕하세요, 말을 거니 모두가 이쪽을 쳐다보았다.

안녕하세요. 목소리가 중구난방으로 되돌아왔다. 고갯짓만 하는 사람도 있었다. 공통된 것은 서먹함이었다. 막의 색이 짙어진 기분이 들어 키와는 그 이상 아무 말도 하지 않고 온 길을 되돌아갔다. 저 사람은요, 라는 말이 들려왔다. '저 사람'이 자신을 가리키는 말인지 아닌지를 생각하지 않으려 했다. 등 뒤에서 소리 죽여 웃는 소리가 났다.

키와는 뒤돌아보지 않았다. '집에 가면 빨래를 널어야겠다'는 생각만을, 지금은 오로지 머릿속에 두고자 애썼다.

########

웨하스

#########

꙳꙳꙳
꙳꙳

다음은 2학년 학생들의 달리기 경주입니다. 아이의 안내 방송 도중 마이크가 삐익 소리를 내서 키와 옆에 서 있던 학부모가 불쾌한 듯 눈살을 찌푸렸다. 스피커에서 흘러나오는 갈라진 음악 소리에 맞춰 2학년 아이들이 입장했다. 바람에 날린 운동장 모래로 공기가 누렇게 물들었다.

디지털카메라를 든 키와는 출발 신호를 기다렸다. 작은 화면 속에서 아이들의 입술이 앙다물어졌고, 손은 꽉 쥐어졌다.

실패는 용납되지 않는다. 언제나 그런 기분으로 임했다. 생각 외로 많은 학부모들이 학부모회의 홍보지를 열성적으로 확인하고 있다. 학교에서 지급되는 카메라는 아직껏 적응이 잘 안 돼서 긴장감으로 손바닥에 땀이 배었다. '홍보위원회'라고 적힌 완장이 흘러내려 허겁지겁 위치를 조절했다.

이다음은 4학년 아이들이 무용을 선보일 차례였다. 이미 입장하는 문 앞에 서서 대기 중인 아이들 가운데 하루키의 모습을 찾으려다 금세 포기했다. 다들 똑같은 체육복에 똑같은 모자를 쓰고 있어 분간이 가지 않았다.

운동회 개회식 때 "사진 및 동영상 촬영은 가능하나 SNS 등에는 올리지 말아 주십시오"라는 주의 사항이 있었다. 지지난해 운동회에서 촬영된 여자아이의 영상이 인터넷상에 퍼지는 사건이 있은 후로 학교 행사가 있을 때마다 선생님들은 이 주의 사항을 빼놓지 않고 전달했다. 여자아이는 교내에서도 이름난 미소녀였다. 영상은 단체 체조를 하는 모습이나 운동장 바닥에 무릎을 껴안고 앉아 다른 학년의 경기를 구경하는 모습 등 다양했는데, 그 모든 영상에 가슴 발육이 어떻다는 둥 결혼하고 싶다는 둥 하는 역겨운 댓글들이 달려 있었단다.

피해 입은 아이는 10대 소녀를 대상으로 한 패션 잡지에 실린 적이 있었고, 그랬다는 이유로 "관심받고 싶어서 자기가 인터넷에 올린 거 아니야?"라고 말하는 사람도 있었다. 니노초등학교 학생이라는 사실과 집 주소까지도 순식간에 특정되면서 피해자인 아이를 두고는 다른 학생들까지 위험에 노출시켰다는 냉엄한 의견이 잇따랐다. 지금은 중학생이 되었을 텐데, 키와는 그 애의 소식을 모른다.

영상은 물론 삭제되었으나 완전히 지워버리기란 불가능하다. 인터넷상을 영원히 떠돌아다닐 것이다.

또다시 바람이 불었다. 키와의 목에 걸린 출입 허가증이 배 언저리에서 팔락팔락 소리를 냈다. 얼마 전부터 계속된 괴한 사건도 아직껏 해결되지 않았다. 올해는 경계를 한층 더 강화하고 있다는데, 실상 대책이라고는 교문에 마련된 접수처에서 명부에 이름 등을 기입하게 한 뒤 임시 출입 허가증을 배부하는 것이 전부였다. 학부모들은 출입 허가증을 학기 초에 배부받는다. 이렇다 할 효과도 없어 보이는데, 공립 초등학교에서는 이 정도가 한계일지 몰랐다.

관람석으로 눈길을 돌렸다. 예년보다 사람이 적은 이유는 일요일로 예정돼 있던 운동회가 비가 오는 바람에 오늘로 연기된 탓이었다. 키와의 남편도 오지 않았다. "일요일이면 보러 가겠는데 평일에 일을 어떻게 빼"라고 남편은 말했다.

그러나 가만 보면 아빠들의 모습도 눈에 띄었다. 조금 전 인사를 주고받은 가사이 씨 옆에도 남편이 있었다. 비 때문에 연기될 것을 예상해 미리 유급 휴가를 받아두었단다.

"어라? 사카구치 씨 남편분, 안 오셨어요?"

악의 따윈 손톱만큼도 없어 보이는(그렇게 생각하고 싶을 뿐인지도 모르지만) 가사이 씨의 질문은, 그럼에도 키와를 움츠러들게 했다. 남편이 가정에 소홀한 타입이라 안됐네, 라고 여겨지는 것만 같아 조마조마했다.

돌이켜보면 남편은 평일에 있는 학교 행사를 위해 휴가를 낸 적이 단 한 번도 없었다. 행사는 고사하고 하루키가 아픈 날조차 일을 쉬고 병간호하는 역할은 어김없이 키와였다.

2학년 아이들의 달리기 경주 사진을 몇십 장 찍고 난 뒤, 키와는 카메라를 배낭 안에 넣었다. 무용이 잘 보이는 위치로 걸어가던 도중 이름이 불렸다. 키와 씨, 하고. 돌아보니 가나메가 있었다. 큼지막한 검정 양산을 쓰고 있었다.

"저희 센터 애들을 보러 왔어요."

"그러셨구나."

"날이 덥네요. 같이 쓰실래요?"

휙 양산을 기울이는 듯한 동작을 했다. 두 사람 정도는 거뜬히 들어갈 만큼 거대한 양산이었지만 키와는 고개를 저었다.

"아뇨, 괜찮아요."

다른 학부모들과 선생님들이 지켜보는 곳에서 남편이 아

닌 남성과 한 우산을 쓰는 행위는 죽었다 깨어나도 못할 짓이었다.

"가나메 씨는 양산은 쓰시네요."

비 오는 날 걸핏하면 흠뻑 젖은 채로 돌아다니기에 우산을 싫어하는 사람인가 보다 생각했다. 싫어한다기보다 귀찮아한다는 쪽이 맞으려나.

"젖는 건 참을 수 있는데 더운 건 못 참겠어요."

"그건 무슨 논리죠."

어느 더운 여름날, 남편이 "여자는 양산을 쓸 수 있어서 좋겠어"라고 투덜거린 적이 있다. 키와는 남편에게 남성용 양산도 있다고 알려주었지만 남편은 '양산을 쓰는 남자가 비주류'란 것을 이유로 사용을 완강히 거부했다. 남편은 툭하면 '남자', '우리'라는 주어를 사용한다. 거기에 가나메 같은 남자는 포함되지 않는다.

"아, 4학년 애들 무용이 시작되겠어요."

"정말이네, 이제 가볼게요."

머리를 숙인 뒤 주빈용 텐트 근처로 달려갔다. 세이야의 엄마 쓰츠미 씨가 키와를 알아보고 손을 흔들었다.

"안녕하세요."

"아, 네, 안녕하세요."

쓰츠미 씨는 서 있던 위치를 옮겨 옆자리를 비워주었다. 4

학년 아이들은 이미 입장을 끝내고 위치를 잡는 중이었다. 하루키는 중간 줄에 있었다. 음악이 흘러나왔고, 일제히 하늘을 가리키는 듯한 포즈를 취했다. 하루키는 주위 애들보다 한 템포 느렸다.

세이야는 하루키 옆줄에 있었다. 저학년일 때는 혼자만 춤을 추지 않고 뛰어다니거나 주저앉아 있는 모습이 자주 눈에 띄었다. 지금은 진지한 표정으로 다른 아이들과 똑같은 안무를 소화하고 있었다. 그런 세이야의 모습을 본 쓰츠미 씨가 가슴을 누른 채 한숨을 토했다. 어렴풋이 눈물이 어려 있기에 덩달아 울음이 터질 뻔했다. 지금껏 얼마나 마음을 태웠을지, 그 옆얼굴을 보는 것만으로도 고스란히 전해져 왔다.

다른 아이들과 똑같이 춤출 수 없다. 춤추지 않는다. 고작 그 정도의 차이가 학교를 다니는 동안은 대단한 문젯거리가 된다.

맨 앞줄에는 오카노 씨의 딸 히나가 있었다. 댄스 학원에 다니는 만큼 히나의 동작은 과연 사람들의 눈길을 끌 만했다.

키와가 있는 곳과 조금 떨어진 곳에서 오카노 씨와 그녀의 남편이 딸의 모습을 지켜보고 있었다. 오카노 씨가 비디오카메라를 들었고 남편은 스마트폰으로 촬영하고 있었다. 두 사람 다 키가 커서 그런지 유독 눈에 띄었다. 잘은 설명할 수 없지만 눈에 띄는 일에 익숙한 사람들 같다는 느낌이 들었다. 그들의 딸과 마찬가지로.

"좀 전에 잘생긴 사람이랑 얘기하고 계시던데."

쓰츠미 씨가 키와 쪽으로 몸을 기울여 속삭였다. 가나메와 이야기하던 모습을 들켰나 보다 싶으면서도 '잘생긴 사람'과 가나메가 매치되지 않아 혼란스러웠다. 양산을 안 쓰길 천만다행이라는 생각도 했다. 가나메로서는 키와에게 양산을 씌워주는 일 따위 전철에서 노인에게 자리를 양보하는 일이나 다름없을 테지만 세상 사람들 생각은 다르다.

무용이 막바지에 이르렀을 무렵, 쓰츠미 씨가 "저기……" 하고 우물거렸다. 두리번두리번 주위를 확인하고는 키와 쪽으로 몸을 다가붙였다.

"그 4학년 학부모들 LINE 단체방 있잖아요."

"아, 네."

쓰츠미 씨가 하려는 말의 목적을 모르겠는 채로 조심스레 끄덕였다. 2학기가 시작되기 직전부터 오카노 씨에게 초대받은 LINE 단체 대화방의 알림이 뚝 끊어졌다. 키와를 제외하고 새 대화방을 만든 게 분명했다.

"누가 사카구치 씨예요? 통 알 수가 없어서."

쓰츠미 씨가 스마트폰 화면을 키와에게 보여주었다. 지난주 쓰츠미 씨가 초대받았다는 단체 대화방의 이름도 아이콘도 키와는 처음 보는 것이었다.

"인원수를 보고 4학년 학부모들이 다 들어와 있는 게 아니란 건 알았어요. 근데 누가 누구네 엄마고 누구누구가 들어와 있는지를 모르겠더라고요. 아이디가 다들 풀네임이 아니잖아요, '아키코'라든가 '밋짱' 같은 이름으로 해놔서. 프로필이 아이 사진인 사람은 누군지 알겠는데……."

쓰츠미 씨는 키와가 이전 대화방으로부터 제외되었을 줄은 상상도 못 했으리라. 키와 씨가 누구예요? 라고 재차 물어 왔다.

"죄송한데, 저는 그 단체방에 안 들어가 있어요."

"어, 그래요? 어머, 이런. 왠지 죄송하네요."

"아니에요."

죄송하다는 말 따윈 듣고 싶지 않았다. 당황하며 걱정해주는 듯한 태도가 키와에게 더 상처였으나 쓰츠미 씨는 조금도 알아주지 못했다.

"제가 부탁해볼까요? 사카구치 씨도 초대해달라고요."

제발 그러지 말라고 소리칠 뻔하다 가까스로 참아냈다.

"괜찮아요."

무용이 끝났는지 주위 사람들이 박수를 치기 시작했다. 엔딩 장면을 놓치고야 말았다.

오카노 씨와 그녀의 남편이 이쪽을 향해 걸어왔다.

"쓰츠미 씨, 안녕하세요!"

쓰츠미 씨의 이름을 부르고, 쓰츠미 씨에게만 미소를 보내고는 홱 지나쳐 갔다.

오카노 씨 무리와 가까이 지내고 싶은지, 아니면 그러고 싶지 않은지 스스로도 잘 모르겠다.

"적어도 좋아하지는 않아요, 그건 확실해요."

잠깐 얘기 좀 들어주실래요? 라고 큰맘 먹고 말을 걸었더니 가나메는 "물론이죠" 하며 진지한 얼굴로 끄덕였다.

바닥을 닦는 손은 멈추지 않았다. 가나메 역시 키와의 이야기에 맞장구치며 손을 계속 움직이고 있었다. 조금 있으면 아이들을 데리러 가야 했다. 자연스레 말이 빨라졌다.

어제 운동회가 끝나고 쓰츠미 씨와 연락처를 교환했다.

"알아두면 좋을 만한 정보가 있음 사카구치 씨한테도 꼭 전달할게요."

그렇게 말하며 무슨 중요한 임무라도 맡은 양 가슴에 손을 얹던 쓰츠미 씨를 떠올리자 키와의 기분은 한층 울적해졌다. 쓰츠미 씨에게 악의가 없다는 걸 알기에 더욱 그랬다.

꼭 붙어 다닐 수 있는 친구를 원하는 건 아니다. 학부모들끼리의 친목이 성가시기만 한 사람은 키와뿐만이 아닐 것이다. 그렇지만 고립은 원치 않는다. 무슨 일이 있을 때 정보를 교환할 상대가 있는 것과 없는 것은 천지 차이다. 저학년일 때는 하루키가 학교에 알림장을 두고 와 숙제 범위라든지 내일 준비물을 모르는 경우가 비일비재했다. 그런 일 가지고 일일이 학교에 연락해볼 수도 없는 노릇이다. 사소한 것들을 물어볼 수 있는 상대는 꼭 필요하다.

가령 하루키가 학교에서 무슨 사건에 휘말렸다고 가정해보자. 피해자가 될 수도 있고 가해자가 될 수도 있다. 그럴 때 역시 상담을 하거나 정보를 얻을 수 있는 상대가 있느냐 없느냐의 차이는 어마어마할 것이다.

2학년이던 무렵 아동 돌봄센터에서 상급생 아이에게 걸어차였을 때도, 하루키는 좀처럼 제 입으로 자세한 이야길 하려 들지 않았다. 다른 학부모에게서 "센터에 좀 난폭한 아이가 있는 모양이에요"라는 말을 듣고 몇 번을 캐물은 끝에야 "실은……" 하고 털어놓았다.

"이제 나이도 먹을 만큼 먹었고, 친구가 없다고 해서 큰일이 나는 것도 아니란 건 알아요. 직장이나 학원에 친한 사람 하나 없어도 전 정말 아무렇지 않고요. 그런데 하루키를 생각하면 그래도 괜찮은 건가 싶어서."

"네."

가나메는 진지한 얼굴로 끄덕이고 있었다. 누군가 이야기를 귀 기울여 들어주는 상황이 고마웠다. 혼자 생각하다

보면 같은 곳을 빙글빙글 돌고 있는 기분이 들어 괴로웠다.

실은, 다름 아닌 남편과 이런 대화를 하고 싶었다. 어젯밤 운을 떼보기는 했으나 언제나처럼 "엉" 하는 심드렁한 대답이 돌아왔고, 그것만으로 벌써 이야기할 의욕을 잃어버리고 말았다.

"제가 다른 엄마들하고 잘 지내지 못해서 하루키의 학교생활에 안 좋은 영향이 있을까 봐 불안한 마음이에요. 역시 문제 일으키지 말고 잘 지내는 편이 좋겠지 싶고요. 뭐랄까…… 아이가 인질로 잡혀 있는 느낌이 들거든요. 부모가되고부터 줄곧."

"인질이요?"

가나메가 종이 상자를 정리하던 손을 멈추었다. 테이블위에는 방금 막 종이 상자에서 꺼낸 핫플레이트가 놓여 있었다.

여름 방학 때 했던 간식 만들기가 아이들에게 의외로 호평이었다. 매일은 어렵더라도 일주일에 한 번은 간식을 직접 만들어보는 시간을 가지게 되었다. 오늘은 프렌치토스트를 만들 예정이었다.

"하루키를 인질로 잡고 있는 사람은 누군가요? 그 오카노씨라는 사람? 아니면 학교?"

"둘 다 아니에요…… 아니지만……."

굳이 말하자면 분위기라든지 공기 같은, 눈에는 보이지 않는 커다란 존재였다.

"걱정할 거 없다는 말은 너무 무신경한가요?"

"글쎄요. 무신경하달지, 무책임하단 느낌은 드네요."

가나메를 상대로는 다른 사람과 이야기할 때보다 말이 서슴없이 튀어나오곤 했다. 귀 기울여 들어주고 있다는 실감이 나기 때문이었다.

"죄송해요. 근데 애들은 이제 아무것도 모르는 갓난아기가 아니잖아요. 아이에게는 아이만의 세상이 있어요. 설령 부모가 '걔랑 친하게 지내지 마' 하더라도 친하게 지낼 상대쯤은 본인이 알아서 선택할 거예요. 선택할 수 있어요."

"그럴까요?"

걱정 마세요, 라고 가나메는 유독 힘주어 되풀이했다. 완전히 납득되지는 않았지만 이야기하고 나자 머릿속을 빙글빙글 돌던 감정이 제자리를 찾은 듯한 기분이 들었고, 그제야 깊은숨이 쉬어졌다.

"아이를 잘못된 것으로부터, 잘못된 일로부터 보호하는 게 어른의 역할이죠."

가나메의 말에 크게 끄덕였다. 맞는 말이었다.

"그치만 아이 스스로 뭔갈 깨닫고, 혼자 헤쳐나갈 힘이 있을 거라 믿는 것도 비슷한 정도로 중요하지 않을까요?"

그 둘은 모순된 것이 아니라고, 키와도 물론 이해는 되었다. 하지만 그 균형을 맞추기가 어려워 늘 고민이었다.

둘이 동시에 벽시계를 올려다보았다.

"니노초등학교에는 제가 갈게요. 키와 씨는 아미를 데리러 가주실래요?"

"그럴게요."

재빨리 나갈 채비를 마쳤다. 끌어안은 걱정거리가 얼마큼이든 일은 일이었다.

"참, 다음 주에 누나가 와요."

현관에서 신발을 신고 있던 가나메가 뒤에 온 키와를 돌아보며 말했다.

"엇, 정말요?"

외딴섬 진료소에서 일하는 가나메의 누나 리에가 당분간 본가에 와 있을 예정이라고 한다. 휴가냐고 물으니 가나메는 "그렇지 않을까요?"라는 두루뭉술한 대답을 했다.

"키와 씨를 만나고 싶다는데, 연락처를 알려줘도 괜찮을까요?"

"어, 네, 물론이죠."

리에가 날 만나고 싶어 한다니. 정말일까. 만나봐야 아무런 이득도 없는데. 저도 모르게 그런 생각을 하고 말았다.

이득. 참 거북한 단어다. 나는 언제부터 사람과의 만남에

이득이니 손해니 하는 걸 따지게 되었을까.

시내 초등학교에는 '키즈 서포터'라는 자원봉사 제도가
있다. 아이를 주민들이 보살피는 자원봉사로, 등록된 봉사
자의 대부분은 이 지역에 거주하는 노인들이다. 하교 시간
대마다 학교 근처 횡단보도 등에 서 있곤 한다. 시에서 지급
하는 형광 초록색 조끼와 모자를 착용해야 하므로 멀리서
도 한눈에 알아볼 수 있다. 키와가 학교에 도착했을 때 아미
는 이미 교문 앞에 서서 기다리고 있었다. 옆에는 남성 키즈
서포터가 있었다.

"왔다! 키와 선생님!"

황급히 뛰어갔다. 아미가 새된 소리를 지름과 동시에 남
성 키즈 서포터가 "왜 이리 늦어?" 하며 인상을 썼다. 60대
후반 정도일까. 그렇다면 아빠와 동년배라는 뜻이다. '다케
야마'라는 명찰을 확인하고 머리를 숙였다.

"애가 여기서 얼마나 기다렸는지 알아? 날도 더운데 오래
기다리게 하면 쓰나. 비라도 왔으면 어쩔 뻔했어?"

아미가 교문을 나오는 시간은 들쭉날쭉하다. 시간표에
맞춰 가도 키와가 30분 가까이 기다릴 때도 있고 오늘처럼
아미가 먼저 나와 기다리고 있는 경우도 있다. 다케야마는
"일인데 제대로 해야지"라는 둥 "돈 받고 하는 거잖아? 우리

하곤 다르게"라는 둥 아직도 구시렁대고픈 모양이었다.

전에도 다른 남성 키즈 서포터에게 트집을 잡힌 적이 있다. 그 사람이나 다케야마나 자신이 '무급 자원봉사자'인 사실을 유난히 강조했다.

그들은 돌봄센터라는 조직이 아이들을 이용해 악독한 돈벌이를 한다고 착각하고 있는 듯했다. 모든 키즈 서포터들의 공통된 의견은 아니겠지만, 요즘은 이 형광 초록색 조끼만 봐도 경계심이 들곤 한다.

그들의 오해를 풀 기력조차 없어 "하아", "헤에", "호오" 하는 대답처럼 들리는 숨소리만 내가며 얼버무렸다. 이 자리를 모면하기 위해서라도 "죄송합니다" 같은 말은 절대 하지 않겠다고 다짐했다. 억지웃음을 띠는 짓도.

"그럼 갈까, 아미?"

여전히 뭔갈 말하려는 다케야마에게서 등을 돌린 채 바삐 걸었다. 아마 내가 키 2미터쯤 되는 건장한 남성이었다면 저런 소리 안 했겠지. 그런 생각이 들자 옅은 분노가 일었다.

뒤돌아서 몇 초간 빤히 쳐다보았다. 다케야마가 희미하게 미간 주름을 잡았다.

당신은 그렇게 자기보다 약해 보이는 상대를 걸고넘어져서 일상의 시름을 달래는 것 말고는 삶의 낙이 없는 거지?

마음 같아서는 그렇게 말해주고 싶었다. 말은 못 하더라도 눈빛에 담을 작정이었다.

센터를 다니기 전부터도 비슷한 경험은 수도 없이 해왔다. 키와 같은 여자는 어딜 가나 그렇다. 어딜 가나 그들의 타깃이 된다. 그들은 주부를 '쥐뿔도 모르는 여자'로 착각하고 있다. 아무리 못해도 저보다는 현격히 아둔한 존재라고. 그래서 '내가 가르쳐줘야겠군' 하는 괴이한 태세를 갖추곤 한다.

걸어가며 아미에게 "기다리게 해서 미안해"라고 말하자 아무렇지 않다는 듯 고개를 젓더니, 쉬는 시간에 교정에서 주웠다는 잎사귀를 보여주었다. 무슨 잎인지는 몰라도 군데군데 벌레 먹은 구멍이 뚫려 있었다.

"이거 엄청 예뻐요."

태양을 향해 뱅글뱅글 돌리면 그 구멍에서 새어든 빛이 반짝거린다고, 흐뭇하게 말하며 잎사귀를 자꾸만 눈높이까지 들어 올렸다.

"좋겠다. 그래도 걸을 때는 위험하니까 다음에 하자."

잡은 손바닥에 땀이 배었다. 아이는 체온이 높다. 하루키와 마지막으로 손을 잡고 걸은 건 이미 제법 오래전 일이다.

"어디 장식해봐도 돼요?"

'어디'는 '애프터스쿨 가네'의 어딘가를 말하는 모양이었다.

"그냥 장식하기보다 압화로 만들면 더 좋겠는걸. 집에 안 가져가게?"

"네. 엄마한테 혼나요."

"그렇구나."

걸으면서 슬쩍 아미를 관찰했다. 아이가 잎사귀 주워 오는 걸 싫어하는 것만으로 과도한 억압의 증거라 단언할 순 없다.

"더러워서 안 된대요."

"아미네 엄마는 깔끔한 성격이시구나."

"……아미, 엄청 혼나요."

"그래?"

아미는 형편없는 애거든요. 무심코 흘러나온 말에 가슴이 죄였다. 그렇지 않아, 라는 대답은 키와의 진심에서 우러난 말임에도 마치 거짓말처럼 울렸다.

바닷바람에 녹이 슨 간판. 생선을 손질하는 노인의 손. 리에의 SNS에는 그런 사진들이 많다. 세련된 사진은 한 장도 없다. 가령 1년 전 올린 생맥주 사진만 해도 온갖 잡다한 물건들이 함께 찍혀 있다. 무신경하게 뭉쳐둔 물수건이며 메뉴판 모서리며.

키와였다면 쓸데없는 부분은 잘라내고 앵글에도 더 신경

썼을 것이다. 리에의 사진에는 어느 것이고 생활감이 배어 있었다. 생활하고 있으니 생활감이 묻어나는 게 당연하다는 양 그 사진들은 그저 태연하기만 했다.

리에는 그 후 곧바로 문자를 주었다. 키와가 가나메의 센터에서 일한다는 걸 듣고 놀랐다, 고향 가면 당분간은 본가에서 지낼 예정이니 바쁘겠지만 밥이라도 같이 먹자는 내용이었다.

당분간이 얼마쯤이냐는 키와의 물음에 리에는 '최소 한 달, 어쩌면 계속일 수도'라고 답했다.

그렇다면 진료소는 관둔 거겠지. 문자로 할 이야기는 아닌 듯했다.

섬 생활은 어떤지 물었더니 SNS 아이디를 알려주었다. 키와도 해? 라고 묻기에 키와도 제 아이디를 알려주었다.

리에는 내 게시물을 보았을까, 생각했다. 팔로우는 되지 않았고 키와도 하지 않았다. 리에와는 서로의 게시물에 습관적으로 '좋아요'를 누르는 사이가 되고 싶지 않았다. 리에도 같은 마음이면 좋을 듯했다.

4월에 딸기 시럽 글을 올렸다. 지금으로서는 그게 키와의 최신 게시물이었다. 자신의 삶을 단장하고, 기록하는 것에 대한 흥미가 요새는 부쩍 떨어졌다.

몰래 염탐하던 오카노 씨의 계정에는 현재 자물쇠가 채

워저 있다. 그녀의 추종자인 후쿠오카 씨나 야기 씨도 그렇다. 그녀들은 쉽게 특정될 만한 사진을 올리는 사람들이었으므로 원래부터 비공개로 설정했어야 옳았다는 생각이 드는 한편, 자신이 염탐을 하고 있던 사실이 들통난 건 아닌가 하는 조바심도 났고, 요즘은 그런 걸 이러니저러니 생각하고 있는 것 자체가 지긋지긋해 방치해두기로 했다. 차라리 계정 자체를 삭제해버릴까 싶었지만 그러기에는 뭔가 또 아까운 느낌이었다.

다음 주 목요일 오후. 다이어리에 일도 학교 행사도 아닌 일정을 적어 넣기는 오랜만이었다.

다음 주 목요일 오후. 가슴이 뛰었다. 길 가다 문득 올려다본 나뭇가지 끝에서 조그만 꽃봉오리를 발견했을 때처럼.

"얼른얼른 먹어."

남편의 말은 정면에 앉은 키와를 향한 것이 아니었다. 옆에 앉은 남자를 향한 것이었다. 불판 위에서 고기가 타고 있었다. 불길이 확 솟아올랐고, 뭐가 우스운지 남편과 나머지 사람들은 짤막하게 웃었다.

어젯밤, 언제나 스마트폰 영상을 보며 묵묵히 식사하는 남편이 웬일로 얼굴을 다 들고 키와에게 말을 걸어왔다.

"내일 저녁, 집에 다가와랑 애들 올 거야."

다가와란 남편의 회사 후배, 애들이란 지난달 경력직으

로 갓 입사한 20대 여성과 30대 남성(나이는 추정)을 말하는 것이었다. 기혼자인 다가와는 아파트 구입을 고려하고 있는데, "물건 찾기 전에 여러 아파트를 참고하면 좋을 것 같아서, 선배님 댁에 놀러 가고 싶어요"라는 부탁을 받았단다. 나머지 두 사람이 왜 따라오는지에 대한 설명은 하지 않았다.

집을 보여주고 나서 고깃집에 데려갈 생각이라는 남편은 만사가 귀찮다는 듯 미간에 주름을 잡고 있었다. 휴일이면 집에서 오로지 빈둥거리고만 있는 사람이다. 예정에 없던 용건이 생겨 얼마나 귀찮을까. 키와는 남편이 딱하게 느껴지는 한편, 일찍 좀 말해주지 싶어 짜증도 좀 났다.

아침 일찍 일어나 집 안 곳곳을 쓸고 닦았다. 저녁에 찾아온 후배들에게 남편은 아주아주 살갑게 굴었다. 슬리퍼를 내주고 여기가 욕실이다, 여기가 아이 방이다, 하며 그리 넓지도 않은 방 세 개짜리 집을 안내했고, 키와가 청소할 때 불필요한 물건들을 처박아 둔 복도 수납공간까지 열어 보였다.

준비해둔 차와 간식을 내려 하자 남편이 "됐어"라며 인상을 썼다. 이제 밥 먹으러 갈 테니 필요 없다는 것이었다.

남편이 귀찮은 건 집에 후배들이 와서가 아니었다. 키와에게 그걸 설명해야 해서였다. 나는 뭐든 다 나중에야 깨달는구나. 찬장에 손님용 홍차 잔을 넣으며 생각했다. 조금만 생각해보면 알 수 있는 사실인데 늘, 항상.

와 있던 시간은 고작 몇십 분이었지만 세 사람을 배웅할 즈음에는 녹초가 돼 있었다. 드디어 해방되는구나 싶었건만 다가와가 "사모님이랑 아드님도 같이 가시죠, 고깃집"이란 말을 꺼낸 탓에 이 지경이 되고야 만 것이었다.

같은 테이블에 앉아, 같은 불판에 구운 고기를 먹고 있어도 키와와 하루키는 그들 대화에 낄 수 없었다. 그들은 자신들만 아는 일 이야기, 회사의 아무개가 어떻다 저떻다 하는 이야기만 했다. 둘은 모르는 고유명사가 줄줄이 튀어나왔고 웃음소리가 터졌다.

거절했더라면 좋았을걸. 하루키와 둘이 집에서 여느 때의 저녁밥을 먹는 편이 백번 나았다.

하루키가 메뉴를 가리키며 아이스크림이 먹고 싶다고 말했다. 키와가 반응하기도 전에 남편이 "넌 고기나 더 먹어" 하고 말참견했다.

"가리는 게 많으니까 그렇게 삐쩍 말랐지."

하루키는 유아기 때 편식이 심해서 먹을 수 있는 음식이라곤 빵, 밥, 김 정도밖에 없었다. 가리는 게 많다기보다 미지의 음식에 대한 경계심이 지나치게 강해 모르는 음식에는 손을 절대 대지 않는 것이었다. 억지로 먹이면 식사 시간이 더욱 고통스러워질 뿐이라는 생각에 강요한 적은 없었다.

그래도 초등학생이 될 무렵부터 이런저런 음식들에 흥미를 보이기 시작했고, 지금은 양이 많지는 않아도 먹을 수 있는 음식의 가짓수가 이전보다 많이 늘었다. 물론 편식이 아예 없는 건 아니지만 남들 앞에서 흉잡힐 정도는 아니다.

남편은 모른다. 함께 식사하더라도 하루키 쪽을 보지 않으니까. 오늘도 마찬가지였다. 하루키는 이미 고기와 함께 밥 한 공기, 샐러드, 국으로 배를 한가득 채운 상태였다. 충분하고도 남을 양이었다. 후배들과 떠드는 데 정신 팔려 눈치채지 못했겠지만.

"괜찮아, 아이스크림 먹어."

손을 들어 점원을 불렀다.

"오냐오냐하기는."

그렇게 구시렁대는 남편의 얼굴을 똑바로 응시했다. 남편이 주춤한 듯 턱을 당겼다.

"하루키 군, 외동아들이잖아요."

중재하듯 끼어든 다가와의 얼굴도 말없이 쳐다보았다. 외동아들인 게 뭐 어떻다는 말인가. 대체 무슨 말이 하고 싶은 건지.

아이스크림이 다리 달린 유리그릇에 담겨 날라져 왔다. 토핑된 웨하스를 키와는 무심히 바라보았다. 어릴 적에는 이 웨하스가 그저 덤인 줄만 알았다. 덤으로 줄 거면 차라리 아이스크림을 더 많이 주지, 생각했다. 웨하스가 '지나치게 차가워진 혀의 감각을 되찾아주는' 중요한 임무를 맡고 있다는 사실을 안 건 제법 나이를 먹고 난 뒤였다.

'애들' 중 한 사람이 머뭇머뭇 화제를 바꾸었다. 어렸을 때 무슨무슨 아이스크림을 좋아했는데, 지금도 그게 있냐 느니 없냐느니 하고. 있어요. 난 뭐뭐를 좋아했는데. 난 뭐 뭐가 좋았던 것 같네. 웃음소리가 터졌다. 이야기는 자주 먹던 과자 이야기로 바뀌었고 이내 유명 제과 회사 이야기, 그 회사의 임원이 체포당한 이야기, 얼마 전 벌어진 상해 사건 이야기로 넘어가더니 남편이 지난주 보도되었다는 해외 테러 사건 이야기를 꺼냈다.

"그치? 당신도 봤지?"

어쩐지 남편은 키와에게 동의를 구했다.

"몰라."

남편의 고기 기름으로 얼룩진 입술이 비틀렸고, 거기서 하아, 하는 한숨이 새어 나왔다.

"뉴스 정도는 좀 봐라."

"텔레비전 볼 시간이 어딨어."

"몇 분이면 되잖아, 관심 좀 가져. 지금 세상에서 무슨 일이 일어나고 있는지 안테나를 바짝 세워야지."

옆에서 스푼을 입으로 가져가던 하루키의 손이 뚝 멈추었다. 역시 예민한 아이다. 키와의 감정을 금세 알아차린다.

키와에게, 아이 앞에서 부부 싸움을 하는 건 학대나 다름없다고 가르쳐준 사람이 누구였을까. 아아 그래, 엄마였다. 아이의 뇌에 막대한 영향을 미치느니 어쩌니. 항상 생글생글, 밝게 행동하라고 임신 중일 때 일러주었다.

엄마 탓은 아니다. 그쪽이 더 편하다고, 편한 쪽을 고르자고, 그런 생각으로 살아온 건 나 자신이므로.

"그런 말은 안 했으면 좋겠는데."

오래도록 생각하다 처음 내뱉은 말이 그거였다. 고기를 뒤집고 있던 남편이 놀란 기색으로 키와를 보았다.

"뭐?"

어리둥절한 남편의 얼굴은 천진스럽다고 표현해도 좋을 정도였다.

"기분 되게 나쁘거든" 하고 이어 말하며, 내 기분이 왜 나쁜지 이 사람은 지금 전혀 이해되지 않겠지, 생각했다.

남편이 텔레비전으로 뉴스를 보고 있는 아침 시간, 키와는 아침밥을 준비하고 남편의 도시락을 싸고 빨래를 널고 있다. 몇 분이면 된다지만 텔레비전만 마냥 쳐다보고 있을 시간도, 앉아서 신문을 읽고 있을 시간도 키와에게는 없다. 집 안에서는 무슨 일이 끊임없이 일어난다. 잠깐 쉬려고 앉으면 남편이 떨어뜨린 과자 봉지 쪼가리가 눈에 들어온다. 버리려고 쓰레기통을 열어보면 쓰레기가 이미 한가득 차 있다. 쓰레기를 정리하고 있으면 하루키가 말을 걸어온다. 국어 노트를 다 썼다는 둥 지우개가 없다는 둥. 그 '몇 분'조차 한 가지 일에 집중하고 있기가 어렵다.

일상의 자질구레한 일만으로도 힘에 부치고 머리가 복잡해지는 건 아마 요령이 없어서일 것이다. 정신적으로 여유가 없는 탓도 있다. 그런데 남편이 여유 있는 이유는, 그 자질구레한 일들을 모조리 다 내게 떠맡기고 있기 때문 아닌가?

"세상에 관심 좀 가지랬지? 당신 세상은 텔레비전 속에만 있어? 눈앞에 있는 우리와의 생활은 당신 세상이 아니야?"

뒷말은 거의 비명과도 같았다. 남편은 순간 난처한 얼굴로 후배들을 살피더니 알았어, 알았다고, 미안하다니까, 라며 달래는 소리를 냈다.

뭘 알았고, 뭐가 미안하다는 것이었을까. 그들을 역까지 바래다주겠다는 남편과 헤어져 걸으며 키와는 가방을 든 손을 세게 움켜쥐었다.

남편이 집안일에 손 하나 까딱하지 않는 점은 물론 내내 불만이었다. 하지만 남편이 야무진 스타일이 아니라는 사실 또한 잘 알고 있었다.

회사만 갔다 와도 체력과 기력의 90퍼센트가량을 소모한다는 남편더러 집안일 좀 해달라고 요구하는 것도 가혹한 짓이겠지. 그렇게 스스로를 타일러왔다. 사람마다 할 수 있는 일의 종류도, 정도도 다르다. 다른 집 남편들은 한다고 구박하는, 남과 비교해 남편을 부정하는 짓 또한 하지 않겠노라 다짐해왔다. 자신 역시 다른 집 아내와 비교당한다고 생각하면 싫으니까.

"어, 가나메 선생님이다."

옆에서 내내 말없이 걷고 있던 하루키가 소리쳤다.

반대편 인도에 가나메가 있었다. 혼자가 아니었다. 나이가 지긋하고(그래 봐야 50대 정도인 듯한데 어두워서 잘 보이지 않았다), 촌스럽긴 해도 무척 값비싸 보이는 정장을 입은 뚱뚱한 여자였다. 가나메의 팔에 양팔을 휘감다시피 해걸고 있었다. 여자가 무슨 말을 하자 가나메의 한 손이 허공에서 오르내렸다. 흥분한 개를 진정시키는 몸짓 같다고 생각하며 키와는 그들을 보고 있었다.

언젠가 가나메가 말했다. 스폰서가 있거든요, 라고. 농담인 줄 알았는데.

노상 주차된 흰색 차량. 그 차 앞에 가나메와 여자가 멈춰 섰다. 여자가 운전석, 가나메는 뒷좌석. 차가 떠나간 뒤에도 키와는 그 자리에 꼼짝 않고 서 있었다. 하루키가 "가자" 하고 채근했지만, 어째선지 발이 떨어지지 않았다.

　리에와 만나기로 한 곳은 역에서 조금 걸어가면 나오는 골목에 새로 생긴 카페였다. 이 가게를 알려준 사람은 가나메였다.

　"키와 씨가 좋아하실 만한 가게예요."

　가나메가 무슨 근거로 그런 말을 하는지 알 수 없었다. 얼굴을 똑바로 쳐다보지 못해 그렇게 말하는 가나메가 어떤 표정을 짓고 있는지 확인할 수 없었다.

　얼마 전 가나메 씨를 봤어요, 라고 운을 떼면 아마 아무렇지 않게 대답해줄 테지만, 그 대답을 가나메처럼 아무렇지 않게 듣고 있을 자신이 없었다.

　스마트폰 지도를 보며 걸었다. 1층에 마트가 자리한 역 근처 대형 아파트를 지나 접골원과 치과, 약국이 줄지은 좁다란 길로 들어섰다. 셔터를 내린 가게도 몇몇 있었고 세탁소며 화과자점에 드나드는 사람들 모습도 하나둘씩 보였다. 통학 구역이지만 이 일대는 미로처럼 뒤얽혀 있어 길이 복잡했다.

　카페는 금방 찾아냈다. 이 일대의 회색빛을 띤 어수선한 건물들과는 대조적으로 새하얀 외벽 집 양옆에 나무가 심겨 있었다. 베이커리를 같이 하는지 가게 유리창 너머로 빵

이 진열된 선반이 보였다.

약속 시간 10분 전에 도착하게끔 집을 나왔는데 리에는 이미 가게 안에 앉아 있었다. 마지막으로 만난 건 한참 전이지만 단번에 알아보았다. 머리카락은 길러서 하나로 묶었고, 섬 생활이 길었기 때문인지 기억 속 모습보다 햇볕에 그을어 있었다. 카디건의 긴소매를 걷어 올린 채 테이블에 팔꿈치를 괴고 있었다.

"기다렸지? 오랜만이다."

"아냐, 방금 막 도착했어. 오랜만이야."

미리 문자를 주고받아선지 가나메에게 얘길 자주 들어선지 그리 오랜만인 느낌은 아니었지만, 몇 년 만에 만난 동창끼리 나눌 인사로는 이만한 게 없으리라.

"일단 주문부터 할까."

"응."

높은 천장에서 실링팬이 돌아가고 있고 테이블과 테이블 사이의 간격은 넓었다. 메뉴판에는 키슈와 샐러드 세트, 케이크 살레와 샐러드 세트 등이 나열돼 있었고, 전부 유기농 채소를 사용한다고 적혀 있었다.

가나메가 '키와 씨가 좋아하실 만한 가게'라고 말했던 게 떠올랐다. 가나메가 보는 나는 이런 걸 좋아할 것 같은 사람이구나, 생각했다. 물론 싫어하지는 않지만.

"키와, 케이크 살레가 뭐야?"

"달지 않은 케이크 같은 거. 소자이빵(크로켓, 샐러드 등의 부식이 토핑된 일본의 빵 종류―옮긴이)처럼. 맛은 짭짤하고, 햄이나 야채 같은 재료가 들어 있어."

"그렇구나."

케이크 살레는 몇 년 전에 유행이었지. 그리운 기분을 느끼며 메뉴판 사진을 바라보았다. 키와도 몇 번인가 만든 적이 있었다. 남은 채소를 익혀서 되는대로 넣어 만드는 거라 굳이 밖에서 사 먹을 음식은 아닌 느낌이었는데 리에는 "오호, 맛있겠다"하며 눈을 반짝였고, 크림치즈와 말린 토마토가 든 케이크 살레를 골랐다. 키와는 훈제 연어와 치즈가 올라간 오픈 샌드위치를 주문했다. 점원이 물러남과 동시에 테이블 위에 놓인 리에의 스마트폰이 진동했다.

"아, 갓치다."

가나메가 책가방을 메던 시절 부르던 애칭을, 리에는 입밖에 냈다.

"저녁은 데마키즈시(김에 밥과 재료를 얹어 다발 모양으로 만 초밥―옮긴이)로 할 거니까 가볍게 먹고 오래."

리에가 오랜만에 집에 와서 리에의 어머니는 열의에 가득 차 있단다. 매일 저녁을 잔칫상처럼 차려줘, 라며 눈을 가늘게 떴다.

"서른 넘은 딸이 아직도 성장기인 줄 안다니까."

"이제껏 바빠서 집에 거의 못 갔다며. 어머니는 기쁘시겠지."

"맞아, 바빠서 섬 밖을 못 나갔어. 워낙 노인들이 많고 다른 병원도 없으니까. 근데 이제."

리에의 말이 뚝 끊어졌다. 다가오는 점원이 시야에 들어온 모양이었다. 점원이 유리잔을 내려놓고 물러난 뒤에야 다시 입을 열었다.

"새 선생님이 올 거라 됐어. 이제 난 그 섬에 필요 없어."

누구에게는 환영받고, 누구에게는 미움받는 몇 년이었다. 리에는 그런 말을 했다. 양극단의 반응은 어느 쪽이고 '외지에서 온 여자'란 사실에 기인한 것이었다고.

"나 다음 들어올 선생님은 그 섬 출신이래."

남자고, 50대고, 라며 무표정한 채 손가락을 꼽았다.

"난 그 섬에서 줄곧 '외지에서 온 여자'였어. 뭐 못살게 굴고 그런 건 절대 아니었고 대부분은 상냥했지만."

"그랬지만, 이제는 지쳐버린 거야?"

"응. 어디서 살든 지치기야 할 테지만 말야."

앞으로 도쿄 같은 데로 나간들, 여기서 가나토소아과 일을 거든들 각기 다른 이유로 피곤해지겠지, 라며 리에는 어깨를 으쓱했다.

오늘날까지 나고 자란 곳을 벗어나지 않고 살아온 키와의 눈에, 리에는 역시 까마득한 사람이었다. 아직 '도쿄 같은 데'라는 선택지가 남아 있는 리에. 걸어온 길이 다르므로 앞으로 걸어갈 길도 다른 것이다.

"가나토소아과 일을 거들 가능성도 있는 거구나."

"오빠는 그러길 바란대."

가나토빌딩을 개장해 환아 보육 시설을 새로 만들겠다는 이야기가 진행되고 있단다.

"뭔가 엄청나다. 스케일이 크네."

점원이 음식을 내왔다. 케이크 살레를 손가락으로 집어 물끄러미 바라보던 리에는 "갓치는 어때?"라는 모호한 질문을 뱉었다.

"어떻냐니?"

"걔, 잘하고 있나 해서."

리에에게 가나메는 아직도 작고 귀여운 남동생 이미지 그대로인가 보다.

'애프터스쿨 가네'에서는 늘 사소한 말다툼이 벌어진다. 아이들이 많으니 당연한 일이다.

예전에 세키가 유키노를 휴대전화 도둑으로 몰고 간 적도 있었다. 그런데 그건 정식 이용자가 아닌 유키노를 출입시키고 있던 게 문제의 발단이었다고도 볼 수 있다.

"스폰서가 있단 소리를 애들 앞에서 아무렇지 않게 하기는 하더라고."

"스폰서?"

하하하, 하고 리에가 웃음소리를 냈다.

"기미코 고모 말하는 거지, 그거?"

기미코 고모는 아빠 의사의 여동생이라고 한다. 예전부터 "이 애는 대기만성 스타일이야" 하며 가나메를 예뻐했고, '애프터스쿨 가네'를 개업할 때도 경제적 지원을 해준 모양이다. 리에에게 확인한 '기미코 고모'의 외형은 키와가 며칠 전 길에서 본 여자의 특징과 일치했다.

"뭐야…… 친척이었구나……."

실은 팔짱 끼고 걸어가는 모습을 봤다고 키와가 말하자 리에는 "아아" 하며 끄덕였다.

"고모가 스킨십이 과하거든. 만나기만 하면 달라붙고 그래."

집게손가락으로 눈썹 위를 긁는 그 몸짓이 가나메와 꼭 닮아 있었다.

"키와, 뭐라고 생각했어? 고모랑 갓치 보고."

애인 사이? 라고 답하곤 나이프로 자른 오픈 샌드위치를 입에 넣었다. 호밀빵이 생각 이상으로 딱딱해서 씹는 데 시간이 걸렸다. 리에가 접시에 시선을 떨군 채 "아아, 그런 거"

하고 나직이 중얼거렸다.

"무례하지, 미안."

"나한테 사과할 일은 아니지."

그렇다, 사과해야 할 상대가 틀렸다. 멋대로 착각해서 가나메에게 싸늘한 태도를 취하고 말았다. 반성하고 있느라리에가 덧붙인 "애당초 왜 사과를 해야 하는데?"에 대한 반응이 조금 늦었다.

"응? 뭐라고?"

"키와가 왜 갓치한테 사과해야 하냐고."

"스폰서라길래, 뭐랄까, 그런 이상한 짓 해서 받은 돈으로 센터를 운영하는구나, 생각했거든. 뭔가 좀 싫잖아, 애들한테 악영향을 줄 것 같고."

"악영향? 어떤 악영향? 애들하고 관련 있는 사람은 이성에게 돈을 받으면 안 되는 거야? 깨끗하지 않아서 안 된다는 뜻인가?"

새삼스러운 질문을 받고 생각에 잠겼다. 그런 사람이 학부모에게 어떻게 신뢰받겠느냐는 내 인식이 그렇게까지 잘못된 건가. 그렇지 않아도 '아이를 돈벌이 수단으로 삼는다'는 소리를 듣는 판이다. 대답을 못 하고 있는 키와를, 리에는 가만히 쳐다보고 있었다.

"말이 없네, 키와."

"미안."

"사과할 거 없어. 난 그저 키와의 생각을 알고 싶을 뿐이
야. 잘 모르겠어서 궁금할 뿐이지."

잘 모르겠어서 궁금할 뿐이라는 리에는 분위기를 해치지
않게끔 논쟁을 애매히 흘려 넘기며 살아온 적이 없는 것이
리라. 그렇다면 키와도 애매히 흘려 넘기지 않고, 저 자신을
마주 본 채 대답해야만 했다.

어떤 '악영향'을 말한 것일까. 나는 무슨 생각으로 그 단
어를 사용한 걸까.

키와가 우려하는 건 아이들이 상처받는 것, 위협받는 것,
더럽혀지는 것이다.

혹여나 가나메가 정말 이성을 상대하며 돈을 벌고 있었
다 한들 그 일이 아이들에게 상처를 준다고는 단언할 수 없
다. 그 반대의 경우도 마찬가지다. 리에는 깨끗하다는 말을
썼는데, 깨끗한 사람이라고 아이들을 상처 입히지 않으리
란 보장은 없다.

모든 어른은 아이에게 악영향을 끼칠 수 있다.

다시 말하면 '악영향'이라는 단어를 깊이 생각해보지도
않고 내뱉었다는 게 된다. 이런 생각들을 횡설수설 떠오르
는 대로 이야기하자 리에가 돌연 웃음을 보였다.

"키와는 정직한 사람이구나."

"안 그래."

"대부분의 사람들은 귀찮은 투로 '당연한 거잖아', '상식적으로 생각하면 그렇잖아'로 끝내버리거든, 이런 이야긴."

후후, 하고 입매를 누그러뜨리며 리에가 아이스티의 빨대에 입을 댔다. 키와도 자신이 주문한 따뜻한 카페라테를 한 모금 마셨다. 표면에 덮인 우유 막이 입술에 달라붙었다. '악영향'에 대해 생각하느라 제법 많은 시간을 쓰고 말았다.

"이미 정해져 있는 사실을 자기 머리로 다시 생각하는 사람은 많지 않아. 상식에 내맡기는 쪽이 편하니까……. 이런 소리 하면 또 성가신 여자군, 하며 싫어하겠지만."

"싫어한다고? 누가?"

리에는 키와의 물음에는 대답하지 않고 빨대를 깨물기 시작했다. '성가신 여자'라고 말한 상대는 분명 남성일 것이다. 혀 위에 훈제 연어를 얹으며 연인이려나, 생각했다. 섬사람일까.

"리에가 성가신 여자라면 나도 그렇게 될래."

"될 수 없어."

왜냐면 키와는 키와니까. 그렇게 말한 리에는 유리잔에 남아 있던 아이스티를 빨대로 한 번에 빨아들였다. 무릎 위로 움켜쥔 손이 어느새 땀으로 젖어 있는 걸, 키와는 조금 늦게 깨달았다.

헤어질 때 "괜찮으면 또 보자"라고 리에는 말했고, 며칠 뒤 진료소의 인수인계와 이사 준비를 위해 섬으로 돌아갔다. 당분간은 가나토소아과 일을 거들기로 한 모양이었다.

"부모님은 기뻐하고 계세요."

모든 아이들에게 간식을 나누어준 타이밍에 이야기를 주고받았다. 오늘은 간식 만들기 날이 아니므로 다 함께 시판 쿠키를 먹는다. 간식을 먹으며 이리저리 돌아다니는 아이가 있어 가나메는 그 아이를 자리에 앉혔다. '나쁜 버릇이라서'가 아니라 '먹으면서 움직이면 음식물이 기도로 들어갈 가능성이 커져 위험해서'라는 뜻을 차분히 설명했다. 어떤 행동을 금지할 때 가나메는 반드시 이유를 가르쳐준다.

"그렇군요."

"부모님은 옛날부터 유독 누나 걱정이 많으시거든요."

예전의 그 사건과 관련 있기 때문이 아닐까 생각했지만 입 밖으로는 내지 않았다. 가나메도 그 이상은 말하지 않았다.

키와의 스마트폰이 울렸다. 학부모들에게 보낸 긴급 문자였다.

제목에 '괴한'이라는 글자가 들어가 있는 걸 보고 어떤 아이가 또 피해를 입은 건가 싶어 기분이 울적해졌다.

"아."

평상시와는 조금 다른 정보였다. 역 앞 마트 뒷문에 있는 공중화장실로 끌려가 성추행당한 여자아이를 보호 중이라고 적혀 있었다. 누군가 우연히 비명소리를 듣고 신고해 현행범으로 체포되었다고 한다.

"지금까지랑 같은 범인일까요?"

가나메에게 스마트폰을 건네 보여주었다.

"글쎄요."

가나메는 미간을 찌푸린 채 화면을 보고 있었다. LINE 알림음이 짧게 울렸고, 가나메가 스마트폰을 돌려주었다.

쓰츠미 씨에게서 온 메시지였다.

'범인, 오카노 씨 남편분인가 봐요.'

왜? 라는 생각을 했다. 무슨 근거로 그런 말을 하는 걸까. 체포되던 순간 때마침 그 자리에 있기라도 했던 것일까. 너무 놀랍죠, 라는 말 뒤에 느낌표가 세 개나 붙어 있었다.

"키와 씨, 왜 그러세요?"

걱정스러운 듯 얼굴을 들여다보는 가나메를 멍하니 마주보며, 자신은 지금 어떤 표정을 짓고 있을까 생각했다. 충격과 당혹감과 불쾌함이 뒤섞인 감정에 얼마쯤 호기심 같은 것이 포함돼 있음을 자각하고, 키와는 그런 스스로에게 지금 몹시도 화가 났다.

토마토와 사과

＃＃
＃＃

　오카노 씨의 남편이 체포되었다는 소문은 학부모들 사이에 순식간에 퍼져나갔다. 센터 아이들을 데리러 가서 니노 초등학교의 학부모를 마주칠 때마다, 마트에서 우연히 마주칠 때마다 키와는 질문 세례를 받는 처지가 되었다.

　"4학년 학부모였다면서요?"

　"오카노 씨란 사람 알아요. 전년도 학부모회 위원이었던 사람이죠?"

　오카노 씨의 남편은 길에서 몸이 안 좋아 보이던 여자애를 보호하기 위해 공중화장실로 데려갔을 뿐이라는 얘기도 있었다. 체포된 남성과 풍채가 비슷할 뿐 오카노 씨의 남편은 아니었다는 말도 있었다. 확실한 건 아무것도 없었다. 그럼에도 소문이 나돈 후부터 오카노 씨를 대하는 4학년 학부모들의 태도는 점차 달라져 갔다.

"남편의 성벽을 몰랐던 걸까요?"라며 숙덕거리고 "부부인데 말이에요"라며 눈짓했다. "보고도 모른 척 해왔을 수도 있죠"라는 추측이 "전부터 생각했는데, 오카노 씨는 참거만하지 않아요?"라든가 "성격이 좀 못됐긴 했죠" 하는, 오카노 씨 본인에 대한 비난으로 바뀌기까지는 그리 오랜 시간이 걸리지 않았다.

시중처럼 오카노 씨 옆에 항상 딱 붙어 다니던 후쿠오카 씨와 야기 씨. 친구라면 이럴 때야말로 같은 편이 되어줘야 한다고까지는 생각지 않는다. 다만 지금 이 타이밍에 '전부터 그렇게 생각했다'는 말을 꺼내는 건, 아닌 게 아니라 너무 비열하다는 느낌이 든다.

오카노 씨에게는 확실히 비호감인 면이 있었는지 모른다. 표면상으로는 친하게 지내던 사람들도 내심 불만을 품고 있었는지 모른다. 하지만 그것과 남편이 일으킨(일으켰는지도 확실치 않은) 사건은 아예 별개의 문제였다.

사건의 전말은 밝혀지지 않고 소문만이 무성하다 12월에 접어들었다. 레이와(2019년 5월 1일부터 적용된 일본의 새 연호—옮긴이) 시대 첫 크리스마스. 켜놓은 텔레비전에서 그런 말이 들려왔다. 아무리 지나도 귀에 익지 않는 연호와 크리스마스라는 조합에 무심코 채소 자르던 손을 멈추었다.

집에서의 크리스마스는 올해도 예년처럼 보낼 예정이었다. 하루키가 좋아하는 프라이드치킨은 넉넉히 만들어두고, 포테이토 샐러드는 크리스마스 리스를 본떠 링 모양으로 담은 뒤 별 모양으로 자른 노랑 빨강 파프리카와 브로콜리를 올려 장식해준다. 그 요리들을 여느 때의 식사처럼 먹기만 할 뿐이다.

집에서 케이크를 구운 해도 있었는데 요 몇 년은 시내 양과자점에서 사다 먹고 있다. 하루키의 선물은 하루키가 잠이 들면 베란다에 둔다. 어린이집 다닐 때 "굴뚝이 없으면 못 들어오지 않아?"라고 걱정하며 잘 생각을 안 하는 하루키를 "그럼 베란다를 잠가두지 않을게"라고 설득해 겨우 잠을 재웠다. 그 후로 선물을 베란다에 두는 것이 습관이 되어버렸다.

이제는 산타클로스가 선물을 들고 온다는 생각 따윈 하지 않겠지. 하지만 올해도 어김없이 선물을 베란다에 놓아둘 것이다. 불단에 꽃과 과자를 올리듯. 도깨비 따윈 오지 않는단 걸 알면서도 콩을 뿌리듯(일본에는 입춘 전날 도깨비를 쫓기 위해 콩을 뿌리는 풍속이 있다—옮긴이).

오늘 '애프터스쿨 가네' 일은 휴무였다. 환아 보육 시설

계획은 리에와 함께 순조로이 진행 중인 모양이었다.

현관에서 나는 소리로 하루키가 돌아온 걸 알았다.

요즘은 아무 말 안 해도 오자마자 제 방에 책가방을 내려놓고 손을 씻으러 간다. 성장하고 있는 것이다. 자꾸 잔소리할 필요 없어 기쁘면서도, 동시에 아주 조금 섭섭하기도 하다. 참 제멋대로다.

"다녀왔습니다."

"어서 와."

부엌으로 들어오자마자 냉장고를 열었다.

"초콜릿 먹어야지."

"그래, 두 개 정도는 괜찮아."

하루키가 손에 든 알뜰팩 초콜릿의 크기를 생각해 두 개로 판단했다. 하루키는 "서너 개 먹을래"라며 물고 늘어졌다.

"그럼…… 밥 먹기 전에 두 개, 밥 먹고 나서 두 개 먹는 건?"

"알겠어."

불만스러운 얼굴을 하면서도 하루키는 고분고분 냉장고 문을 닫았다. 초콜릿의 붉은 포장지를 보고 야채실에 남아 있던 토마토 하나가 생각났다.

오늘 중으로 먹어버려야지 싶어 꺼낸 토마토는 며칠이나 방치돼 있던 탓인지 이미 윤기와 탄력을 잃은 상태였다. 달

갈이랑 볶아 반찬을 만들기로 했다. 토마토를 씻어 도마 위에 올려놓았다.

어째선지 소파 좌방석이 아닌 팔걸이에 걸터앉아 초콜릿 봉지를 까고 있는 하루키에게 "히나는 어때?"라고 물었다. 오카노 씨의 딸 히나는 소문이 떠돈 직후에도 평소와 같이 등교했는데, 12월이 되고부터는 갑자기 학교를 쉬는 일이 잦아졌다. 같은 반 아이에게 무슨 안 좋은 말을 들은 건지도 몰랐다.

"지금은 학교 나와?"

"응."

하루키는 "다른 교실에서 공부해"라고 이쪽을 보지 않고 답했다. 초콜릿을 씹는 볼이 미세하게 오르내렸다. 히나는 등교는 하지만 다른 아이들과는 다른 교실에서 수업받고 있다고 오물거리는 목소리로 이어 말했다.

"다른 교실. 아아, 그러니."

"히나는 지금 힘을 충전하고 있다고 선생님이 그랬어. 모두와 함께 공부하려면 시간이 좀 더 필요하다고."

힘을 충전하고 있다. 사와베 선생님다운 표현이네, 생각하며 토마토에 칼질을 했다. 하지만 그 애가 힘을 잃어버린 건 그 애의 탓이 아니다. 토마토 단면에서 즙이 흘러나와 도마 위에 연붉은 물웅덩이를 만들었다.

저녁 여섯 시에는 데리러 가겠다고 연락한 아미의 엄마가 일곱 시가 지나서도 오지 않았다. 전화를 걸어도 자동 응답기로 넘어갔다. 벽시계와, 지금은 벽에 기대 동화를 읽고 있는 아미를 번갈아 쳐다보는 키와에게 가나메가 말을 걸어왔다.

"키와 씨, 이제 퇴근하셔도 돼요."

그렇게 말했지만 가나메는 지금 다른 아이들을 바래다줘야 했다.

"아버지나 누나한테 올라와서 봐달라고 하면 되니까요."

가나메가 내선을 연결하려 전화기를 들어 올렸을 때 인터폰이 울렸다. 아미의 엄마는 화면 너머로도 알 수 있을 만큼 안색이 좋지 않았다.

"늦어서 죄송합니다."

아미의 엄마는 머리를 숙이려다 비틀거렸다. 벽에 손을 짚은 채 필사적으로 호흡을 가다듬고 있었다.

"몸이 안 좋으세요?"

"아니요, 괜찮습니다."

"괜찮으세요?"라고 질문받은 사람은 괜찮지 않더라도 '괜찮다'고 대답한다는 이야길 어디선가 읽었다. 그래서 몸이 안 좋으냐고 물은 건데 아미의 엄마에게는 통하지 않았다.

"여기 잠깐 누워 계시는 게 어때요?"

아뇨, 괜찮습니다, 라며 새파랗게 질린 얼굴로 도리질을 했다. 둘의 대화를 들은 가나메가 나타났고, 그녀의 얼굴을 보자마자 "괜찮긴요" 하며 고개를 저었다.

"정말 괜찮다니까요."

"안 됩니다. 이런 상태로는 아이를 넘겨드릴 수 없어요. 부모라도요."

가나메로선 흔치 않은 강한 어조였다. 아미의 엄마는 또다시 입을 열었다가 더 이상 서 있을 수 없었는지 제자리에 스르르 주저앉고 말았다.

"밑에서 진찰 한번 받으실래요?"

지금 가시면 의사가 세 명이나 있어요, 라고 가나메가 이어 말했다. 어느새 평상시 쓰는 농담조 같은, 부드러운 말투로 돌아와 있었다.

"진찰은 괜찮습니다. 그럼 실례지만, 잠시 쉬었다 갈게요."

어느 틈엔가 방에서 나온 아미가 몸을 반쯤 숨긴 채 이쪽을 엿보고 있었다.

"엄마가 몸이 좀 안 좋으시대. 아미, 여기서 조금만 더 기다려줄래?"

키와가 말하자 아미는 불안한 기색으로 어두운 표정을 지으면서도 고개를 까닥였다.

"알았어요."

"응, 고마워. 걱정하지 마."

몸이 아픈 아이가 잠시 쉴 수 있게끔 소파 베드가 마련돼 있다. 벽장에서 담요를 꺼내 온 키와에게 아미의 엄마는 거푸 죄송하다고 사과했다.

"정말 진료 안 받으셔도 되겠어요?"

"괜찮아요, 왜 그런지는 알거든요."

"그러세요?"

"임신 중이에요, 저."

반듯이 누운 아미의 엄마는 거의 속삭이는 목소리로 말하곤 두 팔로 얼굴을 가렸다.

"……아아."

맞장구라기도 뭣한 얼빠진 소리가 키와의 입에서 새어 나왔다. 옆 방을 엿보니 1층에서 올라온 리에가 아미에게 그림책을 내밀고 있었다. 키와의 시선을 알아챈 리에는 제 가슴에 손을 얹는 듯한 몸짓을 했다. 여긴 내게 맡겨. 그렇게 말하는 듯 보였다. 키와는 아미의 엄마의 복부로 눈길을 돌렸다. 아직 납작했다.

"축하드려요."

키와가 머뭇머뭇 말하자 아미의 엄마는 "네" 하고 불분명한 목소리로 대답했다. 울고 있는 걸까. 실내의 습도가 올라간 느낌이 들었다.

"너무 예상 밖의 일이라."

"이거 아미한테는……."

"말 안 했어요. 그러니 비밀로 해주세요. 아무한테도 말하지 말아주세요."

저요, 하고 웅얼거리다 말문이 막힌 아미의 엄마는 이제 펑펑 울고 있었다. 팔과 어깨가 잘게 떨리고 있었다.

"자신이 없거든요."

줄곧 아이를 갖길 바라왔다고 떨리는 목소리로 이어 말했다. 아이와의 삶을 꿈꿔왔다. 아이가 태어나면 함께 외출하고, 그림책을 잔뜩 읽어주고, 간식을 손수 만들어주고 싶었다.

그런데 막상 낳고 보니 무엇 하나 생각처럼 되는 게 없었다. 일을 하고 아이를 돌보고, 그런 최소한의 일들을 간신히 소화하는 데만도 하루하루가 벅찼다.

단 5분의 시간도 가만히, 멍하니 앉아 있을 수가 없다. 아미는 사랑스럽다. 그래서 더 제대로 키워야만 한다는 의무감이 든다.

그렇다고 지나치게 잔소리하면 아이가 위축될 것 같다는 생각도 든다. 그래서 화가 치밀더라도 열 번 중 아홉 번은 참는다. 그런데 열 번째에는 도저히 참을 수가 없어서 필요 이상으로 화를 내고 만다. 화를 내고 나면 또다시 침울해진다.

남들에게 '힘들다'고 하소연하면 '너는 지나치게 애를 쓴다, 어깨 힘을 좀 빼라'는 말을 한다. "네가 해야 한다고 생각하는 일의 대부분은 하지 않아도 되는 일이야"라는 말까지 들었다. 마음이 편해지기는커녕 외려 더 침울해지곤 했다.

집안일과 육아를 완벽히 해내겠다는 것도 아니고 최소한의 일만을 하는 중이다. 그걸 '하지 않아도 되는 일'이라 결론 내리면 이 이상 어떻게 해야 할지를 모르겠다. 그저 아이하나 키울 뿐인데 이토록 버거워하는 나 자신이 너무도 형편없는 인간으로 느껴져 더 괴로워진다. 마음 터놓고 상담할 만한 상대가 없다. 상대의 답변이 되레 나를 궁지로 몰아넣을 게 뻔해 입을 다물게 된다. 막판에는 훌쩍임이 섞여 거의 알아들을 수 없었지만 대략 그런 내용이었다. 일찍이 키와도 경험해본 아픔이었다.

"아미를 키우면서 한 아이를 더 키운다고 생각하면, 정말이지 자신이 없어요."

너무 애쓰지 마. 그런 말을 자주 듣는다.

키와 역시 깊이 생각하지 않고 몇 번이나 해왔던 말이다. '너무 애쓰는 네가 걱정돼서'라는 뜻이 담겨 있을지언정 아무런 도움도 되지 않는다. 그 말을 한 사람이, 듣는 사람이 애쓰지 않는 만큼의 책임을 대신 져주는 것도 아니다.

선의의 말이 사람을 도리어 궁지로 몰아넣기도 한다. 그렇기에 뭔가 구체적으로 도와줄 방법이 없을지, 키와는 울고 있는 그녀를 앞에 두고 생각 중이었다.

이를테면 장을 대신 봐준다든가 하는 그런 것 말이다. 하지만 남에게 부탁하고 싶은 일, 부탁하고 싶지 않은 일은 사람마다 다를 것이고, 이 정도로 지쳐 있는 사람에게 "남한테 부탁할 수 있을 만한 일이 뭐가 있어요?"라고 물어 판단 내려보라기도 가혹하다는 생각이 들었다.

"오늘은 집까지 바래다드릴게요. 잠깐 눈 좀 붙이세요."

결국 그 말밖에 하지 못했다. 그러나 지금 이 사람에게 필요한 건 위안의 말 따위가 아니라 구체적인 지원이다. 비록 사소한 것일지라도.

불을 끄고 방을 나오자 아미도 리에도 없었다. 그리고 그들을 대신하듯 아빠 의사가 어린이용 의자에 비좁게 앉아 있었다.

"아미는 리에가 아래층으로 데려갔어요. 특별 견학으로 병원 안을 구경시켜 주겠답니다."

가나토 집안 사람만 할 수 있는 놀이법이네요. 키와가 그렇게 말하자 아빠 의사는 "그럴지도 모르겠군요" 하며 싱글싱글 웃었다.

아기일 적부터 오늘날까지 하루키를 진찰해주고 있는 아

빠 의사. 젊게 꾸미지도 않는데 젊어 보인다. 쓸모없는 것들이 붙어 있지 않기 때문이리라. 군살이라든지 굴레라든지 허영 같은 것들이.

"가나메가 올 때까지 제가 여기서 기다리고 있을 테니, 키와 씨는 그만 가보셔도 됩니다."

"아미하고 어머님을 바래다주고 싶어요. 여기서 좀 더 기다릴게요."

키와에게는 아무에게도 말 못 할 비밀을 들은 책임이 있었다.

"그럼 차라도 한잔 나누시죠."

일어서려는 아빠 의사를 "제가 끓일게요" 하며 말렸다.

두 사람분의 홍차를 끓이며 남편에게는 LINE으로, 하루키에게는 문자로 '조금 늦어'라고 연락했다. 남편에게 보낸 메시지에는 곧장 읽음 표시가 떴지만 답장은 없었다. 홍차를 아빠 의사에게 내밀었을 때 하루키에게서 '오케이'라는 짧은 답장이 왔다.

아이들이 사용하는 테이블에 마주 앉아 한동안 말없이 홍차를 마셨다.

"내년이 도쿄 올림픽이네요."

"네."

"키와 씨는 어떤 스포츠를 좋아하시나요?"

"저는 딱히⋯⋯."

기껏 무난한 주제를 꺼내준 아빠 의사에게 그런 대답을 한 스스로가 한심하게 느껴졌다. 하지만 모든 스포츠에 흥미가 없으므로 "선생님은 뭘 좋아하세요?"라고 물은들 둘의 대화는 무르익지 않을 게 뻔했다.

"하루키 군은 이제 몇 살이지요?"

"벌써 4학년이에요."

아빠 의사는 많이 컸네요, 중얼거리며 안경 너머의 눈을 가늘게 떴다.

키와는 "이건 아픈 주사란다"라고 일부러 말해주며, 겁이 나서 우는 하루키의 팔에 예방접종 주삿바늘을 꽂던 아빠 의사의 군더더기 없는 손놀림을 떠올리고 있었다. 아이에게 속임수를 쓰지 않는 정직함. 키와는 아빠 의사에게서 그 점을 배웠다.

"가나메는 잘하고 있나요?"

리에와 같은 질문을 하네, 싶어 살짝 웃음이 나고 말았다. 키와의 그 웃음을 어떻게 받아들였는지 아빠 의사가 멋쩍은 듯 뺨을 긁었다.

"그 애는 막내라 그런지, 만날 어린애 같아서요."

"원래 그런 건가요?"

원래 그런 겁니다, 라며 크게 끄덕였다. 목소리에 실감이 묻어났다.

두 살 때, 하루키가 고열이 난 적이 있다. 토요일이었고, 아침에는 열도 그리 높지 않아 그냥 감기겠지, 생각했다. 월요일까지 나았으면, 하고 가볍게 생각하고 있었는데 점심 때가 가까워지자 열이 높아졌다. 블록을 가지고 놀던 하루키가 새빨간 얼굴로 숨을 할딱거리고 있는 걸 남편이 알아챘다. 체온계로 재보니 39도였다.

남편은 '왜 더 신경 써서 살피지 않았냐'고 나무랐고, 키와는 울먹거리며 하루키를 부둥켜안고 진료 시간이 끝나기 직전 가나토소아과로 뛰어 들어갔다.

"신경을 더 썼더라면 일찍 데려올 수 있었을 텐데, 죄송합니다"라고 주저리주저리 변명하며 머리를 숙이는 키와에게 아빠 의사는 "어머님 잘못이 아닙니다" 하며 "집에 가면 서늘한 곳에서 수분을 충분히 섭취하게끔 해주세요"라고 앞으로 취해야 할 구체적인 행동 요령을 일러주었다.

위안의 말만으로는 소용없다는 생각이 한층 더 강해졌다.

아이들을 바래다주러 갔던 가나메가 돌아왔다. 아빠 의사는 "그럼 저는 이만" 하며 1층으로 돌아갔다.

30분쯤 지나 아미의 엄마가 방에서 나왔다. 이제 걸을 수 있다기에 집에 함께 가기로 했다.

아미가 "엄마, 괜찮아?", "엄마, 괜찮아요?" 하며 엉겨 붙어 있었다. 아이는 예민한 생명체이므로 뭔갈 감지하고 있는지도 몰랐다. 아미의 엄마는 아까보다는 안색도 다소 좋아졌고 약간의 여유도 되찾은 듯 보였다.

"미안해, 아미."

아미의 엄마가 머리를 쓰다듬었고, 아미는 간지러운 듯 눈을 가늘게 떴다. 두 사람 사이에 아미가 끼어 있는 꼴로 나란히 걸었다. 역 주변은 오가는 사람도 많고 아직 영업 중인 드러그스토어나 편의점이 즐비한 덕에 제법 밝았다.

"요즘 들어 좀 당기는 음식 있으세요?"

입덧이 있느냐는 질문을 여기서는 할 수 없었다. 아미의 엄마는 질문의 의미를 짐작한 듯 "……토마토 같은 거?"라고 작은 목소리로 답했다.

"상가 과일 가게에 맛있는 토마토가 있어요. 조만간 사다 드릴게요."

"아니에요."

황급히 고개를 젓는 아미의 엄마가 그렇게까지 폐 끼칠 순 없어요, 라고 우물거렸다. 키와는 '잘은 모르겠지만, 그렇게 하는 게 외려 과거의 나를 돕는 일이다'라고 말했다. 충분한 설명은 못 된 것 같지만 더없이 진심이었다.

"아미는 사과가 좋아요."

아미가 수업 중인 것처럼 손을 들었다.

"그래? 아미는 사과를 좋아하는구나."

"네."

"토마토랑 사과, 둘 다 빨갛네."

무심코 내뱉은 키와의 말에 아미가 얼굴을 환히 빛냈다.

"정말이네, 아미가 좋아하는 거랑 엄마가 좋아하는 거 둘 다 빨갛네. 똑같아."

아미는 제자리에서 폴짝폴짝 뛰기 시작했다. 똑같아서 행복해. 엄마랑 아미는 똑같아. 그 말에 키와는 가슴이 죄였다. 어쩌면 아미의 엄마도.

"그렇네."

아미의 엄마가 어설프게 웃더니 제자리에 멈춰 서서 얼굴을 감싸 쥐었다.

"엄마, 아파?"

아미가 초조한 기색으로 치맛자락을 잡아당겼다. 키와는 "아니야" 하며 그 조그만 어깨 위에 손을 얹고, 북받쳐 오르는 눈물을 참으려 눈을 깜빡였다.

아이를 하루 종일 상대하기가 벅차다고 했더니 남편이 '아이를 사랑하지 않는 거냐'며 정색하고 물어 온 적이 있다. 당시는 '아이를 사랑하지 않는다'와 '벅차다'는 같은 선상에 놓인 감정이 아니다, 각기 다른 요소다, 생각했는데 이제 와 생각해보니 꼭 그렇지만도 않은 느낌이 든다. 사랑하기 때문에 벅차다. 그런 관점 또한 존재하지 않을까.

가능한 한 소중히 아껴주고 싶다, 모진 엄마이고 싶지 않다. 그렇기에 '아이를 상대하기 벅차다'고 생각하는 스스로가 몹쓸 인간으로 느껴져 더욱더 침울해지곤 하는 것이다.

그런 생각을 하면서, 키와는 신칸센(일본의 고속 철도—옮긴이) 시트에 머리를 기대고 잠든 남편의 얼굴을 보고 있었다. 남편의 본가 후쿠오카로 향하는 신칸센은 만석이었고 객실 사이에는 서서 가는 승객도 있었다. 표를 일찌감치 끊어두길 잘했다고, 매년 하는 생각을 또다시 했다.

예전에는 오봉 연휴에 맞춰 갔으므로 승객들이 더 많게 느껴졌었다. 연말은 여름에 비하면 다소 여유 있는 편이지만, 그렇다고 남편 본가를 방문하는 일이 우울하지 않은 건 아니었다. 앞 좌석을 엿보니 창가에 앉은 하루키는 몸을 웅크린 채로 휴대용 게임기 속 작은 화면에 푹 빠져 있었다.

남편의 아버지는 시내에 위치한 회사를 다니다 지난해 정년퇴직했다. 남편의 어머니는 지금도 근처 공장에서 파트타임 일을 하고 있다. 남편에게는 누나와 여동생이 있고 모두 같은 시내에 살고 있다. 요 몇 년은 12월 30일부터 1월 2일까지는 남편 본가에서 묵는 게 정해진 관례였다.

부모님을 앞으로 몇 번이나 더 볼 수 있을지 모른다고 남편은 말한다. 그러니 1년에 한 번쯤은 얼굴을 비치고 효도해야만 한다고 말이다. 틀린 말은 아니겠으나, 남편의 '효자 행세'에 강제로 동반되고 있다는 느낌은 도저히 지울 수 없다.

남편 부모님이 우리의 방문을 그리 반기는 것 같지 않아 보여서일 수도 있다. 남편의 누나나 동생이 낳은 손자들은 상시 그들 곁에 있어준다. 그래서인지 남편 부모님이 하루키에게 기울이는 관심은 크지 않다.

실제로 남편의 어머니가 친척 중 누군가에게 "친손자, 외손자라고들 하는데, 암만해도 며느리가 낳은 손자보다는 우리 애가 낳은 손자가 더 예쁜 법이지"라고 말하는 걸 들은 적도 있다.

그 이야긴 남편에게 하지 않았다. 남편은 누나 동생네 자식들과 하루키를 비교하고 싶어 한다. 경쟁하려 들기도 한다. 누나네 조카가 그림 경연 대회에서 특선을 차지했다는 말을 들으면 "하루키도 입선은 해봤어"라고 말한다. 동생네 조카가 성적이 좋다는 말을 들으면 "하루키도 국어는 잘하지" 하고 기를 쓴다. 듣고 있으면 내가 다 부끄러울 정도다.

그래놓고 대화가 끝나고 나면 남편의 심기가 거의 무조건 불편해진다. 그러고는 화풀이를 하듯 하루키에게 '누구누구는 예의가 더 발랐다', '누구누구는 너보다 밥을 빨리

먹더라' 하고 구시렁구시렁 설교를 시작한다.

하루키가 그걸 어떻게 받아들이고 있는지는 몰라도 유쾌한 기분이 아니란 것만은 분명했다. 1년에 딱 한 번 보는 사촌들과는 문제없이 지내는 듯 보이지만, 감정을 직설적으로 표현하지 않는 아이이므로 늘 걱정스럽다.

남편의 본가는 산간 지역에 자리한 오래된 일본식 가옥인데, 부엌과 화장실은 지난해 리모델링했다. 신혼 때는 재래식 화장실이 어딘가 으스스하게 느껴지곤 했다. 어두컴컴한 복도도, 다다미방도 그리 달갑지 않았다.

짐을 풀 새도 없이 저녁 식사가 시작되었다. 아아, 또 전골이구나. 식탁에 세팅된 가스버너를 보고 남몰래 한숨을 내쉬었다. 예전에 누군가 전골 요리를 함께 먹으면 사이가 가까워진다는 이야길 해준 적이 있다. 하지만 그건 '남들과 같은 냄비에 젓가락을 주저 없이 쑤셔댈 수 있는 사람만이 누구하고든 가까워질 수 있다'의 잘못된 말이다.

남편의 누나와 동생은 제각기 새해 첫날에 얼굴을 비친다.

"키와, 이것 좀 가져가렴."

부엌에서 키와의 이름이 불렸다. 키와는 부리나케 뛰어가 대접을 받아 들었다. 게의 다리며 두부며 배추가 담겨 있었다.

1년 만에 본 남편의 어머니는 한결 작아진 느낌이었다.

허리가 아프다는 둥 어깨가 아프다는 둥 속이 안 좋다는 둥 만날 때마다 투덜거리지만 얼굴빛은 외려 전보다 나아 보였다. 이제 자식들도 모두 가정을 꾸렸고, 돌봐줘야 하는 손자들도 제법 컸으니 여유가 생긴 것이리라.

남편의 아버지는 말이 별로 없는 사람인데, 식사를 할 때면 그런 경향이 한층 더 뚜렷해진다. 제 아내에게 가끔씩 '젓가락'이나 '리모컨' 같은 단어를 내뱉을 뿐이다. 하루키는 전골에는 손을 대지 않고 흰밥만을 깨작거리고 있었다.

남편이 또 가리는 게 많다고 타박할까 봐 경계하고 있었는데, 남편은 기분 좋게 맥주를 마시며 텔레비전을 보고 있었고 하루키가 입맛이 없다는 사실을 눈치조차 못 챈 모양이었다.

"그나저나 이 집도 참 오래됐네."

냄비 안 건더기가 사라져갈 즈음 남편이 거실을 둘러보았다. 거실장 위에는 수많은 사진이 장식돼 있었다. 손자들의 시치고산(아이의 성장을 축하하기 위한 일본의 전통 행사—옮긴이) 사진과 부부끼리 여행을 가서 찍은 사진. 선물로 받은 듯한 장식품과 먼지를 뒤집어쓴 프리저브드 플라워도 사진들 틈에 뜬금없이 끼어 있었다. 벽이 누런 이유는 아버지가 일찍이 담배를 피웠던 탓이다.

"얘는, 리모델링해놓으니 깔끔한데 뭘."

냄비에 밥을 던져 넣으며 어머니가 입을 삐죽였다.

"화장실, 욕실, 부엌만이잖아."

"그거면 충분해."

"전부 다 새로 할 걸 그랬어."

"이제 엄마 아빠밖에 없는데 좀 오래되면 어떻고. 그렇죠, 당신?"

말을 걸어도 아버지는 반응이 없었다. 텔레비전 화면에 시선을 고정한 채 컵을 입으로 가져가고 있었다.

"우리가 여기 이사 와서 같이 살 가능성도 있잖아."

남편이 돌연 그런 말을 하기에 키와는 목이 멜 뻔했다.

어머니는 흐흥, 웃으며 달걀을 풀기 시작했다. 자신이 사용한 젓가락과 그릇으로.

전골을 다 먹고 죽을 만들 때 어머니는 늘 그랬다. 그 죽을 먹는 키와는 항상 숨을 참고 삼켜냈다.

"여기 오기는, 너 일은 어쩌고?"

"지금 당장은 아니지만, 몇 년 뒤에 여기서 느긋하게 사는 것도 괜찮겠다 싶어. 엄마 아빠도 지금이야 건강하지 나이 들면 몸도 불편해질 거고. 그럴 때 장남인 내가 모시고 살아야지."

오늘의 남편은 말이 많았다. 그런 생각을 하고 있는 줄은 꿈에도 몰랐다. 어머니는 "아이고, 듬직해라" 하며 아주 싫지만은 않은 듯 웃고 있었다.

"진짜로 그러면 안 된다."

한창 뒷정리 중일 때였다. 키와가 그릇을 설거지하고 있는데 어머니가 다가와 그렇게 말했다.

"예?"

키와는 의미를 알 수 없어 어머니의 얼굴을 돌아보았다.

"아까 가즈타카가 한 얘기 말이야. 같이 사느니 어쩌니."

어머니가 답답하다는 듯 입술을 일그러뜨렸다.

"그 애는 예나 지금이나 장단 맞추는 데 선수거든. 심성이 착한 게지. 우리 좋으라고 데격 맘에도 없는 소릴 한다니까. 여기 와서 같이 살기는, 그게 말이나 되나."

"예에……."

어정쩡하게 호응하는 키와에게 어머니가 한 발짝 더 다가왔다.

"키와, 얼굴이 아주 죽상이더라. 가즈타카가 같이 산다는 소리 했을 때. 왜 아니겠어, 좋을 사람이 어딨니."

보고 있었나. 찜찜한 기분에 위장이 바싹 오그라들었다. 키와가 고개를 떨구자 어머니가 희미하게 웃었다. 숨을 내뱉었을 뿐인지도 모른다.

뭘 어떻게 대답한들 변명이 될 것이다. 같이 사느니 마느니보다 남편이 한마디 상의도 없이 그런 말을 꺼낸 게 싫었던 건데. 어머니의 말마따나 그저 듣기 좋으라고 한 말이었다면 더 심각한 문제다. 제 부모를 위해서라면 아내와 아들의 감정 따윈 뒷전이어도 좋다는 건가. 해도 해도 너무하다.

"걱정 말렴, 키와."

같이 살면 우리야말로 불편해. 아주 작은 목소리로 그렇게 덧붙였다. 어머니는 등을 돌리고 있었다. 그래서 어떤 얼굴로 그런 말을 했는지, 혼자만의 생각으로 들리지 않게끔 말한 것인지 아니면 키와에게 간신히 들려올 음량으로 말한 것인지 판단이 서지 않았다.

이천이십년. 상점가를 걸으며 소리 내 말해보았다. 2020년. 여전히 낯설었다. 이 주변 두부 가게와 과일 가게는 1월 7일이 지나고부터 가게를 쉰다. 닫힌 셔터에 붙은 '근하신년' 글자와 십이지 쥐가 그려진 포스터를 바라보며 키와는 드러그스토어를 향해 걸었다. 내뱉은 흰 숨이 어둠 속에 녹아들었다. '애프터스쿨 가네'에서의 시무(始務)는 별일 없이 끝났다. "올해도 잘 부탁드립니다" 하며 가나메와 서로 머리를 숙인 뒤, "가나메 선생님, 세뱃돈은요?" 하고 장난치는 아이들과 저녁 일곱 시까지 시간을 보냈다.

아미가 다가와 "있잖아요, 키와 선생님. 아미는 언니가 될 거예요"라고 알려주었다.

겨울 방학 동안에 들은 모양이었다. 볼이 반들반들 빛나고 있었다.

"기쁘니?"

"네!"

"아미, 엄마가 좋아?"

"엄청 좋아요!"

3학기는 부모에게도 아이에게도 쏜살같이 느껴진다. 4월이 되면 '애프터스쿨 가네'는 1주년을 맞는다.

얼마나 가겠냐며 심술궂은 소문이 나돈 '애프터스쿨 가네'가, 되도록 오래오래 존재하기를. 새해 첫 참배 때 키와는 그렇게 빌었다. 험담하는 사람들에 대한 반발심도 있지만 그런 마음뿐이지는 않다.

집도 학교도 아닌 장소, 아이들과 관계된 어른은 많은 편이 좋다. 사람 수가 아닌 사람의 종류가 많아야 한다.

그래야 '사람은 저마다 다르다'는 사실을 어려서부터 깨달을 수 있다. 다르기 때문에 서로를 존중해야 한다고 말이다. 적어도 키와는 하루키가 그 사실을 알았으면 했다. 그리고 그건 키와 혼자서 가르칠 수 있는 일이 아니었다.

잰걸음으로 바삐 퇴근하던 키와의 시야에 하늘색 책가방이 들어왔다. 사거리 한복판에서 좌우를 살피고 있었다. 벌써 일곱 시가 넘었는데 하늘색 책가방을 멘 여자아이는 혼자서 걸어가고 있었다.

느릿느릿 좁은 골목으로 들어가는 아이가 신경 쓰여 키와는 뒤따라갔다. 노란 모자 옆면에 니노초등학교 마크가 보였다. 주위에 동행하는 어른의 모습은 없었다.

차가 다닐 수 없는, 한층 좁다란 골목으로 들어간 아이의 뒤를 쫓다 불현듯 떠올랐다. 예전에 유키노가 '애프터스쿨 가네'를 뛰쳐나갔을 때 이 주변을 걸었었다. 하늘색 책가방을 멘 아이는 낡은 빌딩과 파친코점 사이에 멈춰 섰다. 주위를 확인하듯 고개를 양옆으로 돌렸을 때 키와와 눈이 마주쳤다. 오카노 히나. 이름을 부르자 홱 얼굴을 피하곤 빌딩 틈새로 들어갔다.

폭 1미터도 되지 않는 틈새에 그대로 방치돼 있는 소형 냉장고와 선풍기. 틀림없었다. 유키노와 멜론 소다를 마신 곳이었다. 지난번보다 방치된 쓰레기가 늘어 있었다. 키와가 들어가자 히나가 냉장고 그늘에서 얼굴을 내비쳤다.

"안녕."

고민 끝에 얼빠진 인사를 하고 말았다. 맥주 상자에서 일어선 히나는 입을 다물고 있었다.

"그게, 나는 사카구치 하루키네 엄마야."

수상한 사람 아냐, 하고 가슴에 손을 대며 덧붙이자 분위기가 몹시도 수상쩍어졌다.

"알아요."

히나가 조그만 목소리로 말하더니 도로 맥주 상자 위에 걸터앉았다.

"그래? 다행이다."

좀 더 가까이 가도 되겠냐고 물었는데 아무 대답이 없었다. 무릎 위의 책가방을 끌어안고 고개를 숙이고 있었다. 키와는 제자리에 선 채 "나 여기 와본 적 있어"라고 말해보았다.

"유키노랑" 하고 이어 말하자 히나가 놀란 기색으로 얼굴을 들었다.

"여기 유키노가 알려줬어요?"

유키노, 라고 말할 때 묻어난 친근감을 키와는 민감하게 감지했다. 유키노는 반에서 겉도는 아이처럼 보였는데 히나와는 사이가 좋았던 걸까.

"알려준 건 아니고 찾아냈어. 여기 있는 유키노를. 이사 가기 조금 전에."

"아줌마는 혹시 유키노가 어디로 이사 갔는지 알아요?"

히나는 다시 일어섰지만 키와가 모른다고 대답하자 실망한 모습으로 털썩 주저앉았다.

히나와 유키노는 3학년 2학기 때 짝꿍이 되면서부터 이따금 편지를 주고받았다고 한다. 하지만 함께 논 적은 없었다.

"레이나 다른 애들이 싫어해서요."

히나와 자주 어울리는 아이의 이름이었다. 키와는 묵묵히 끄덕였다. 그 애들은 유키노를 무리에 끼워주고 싶지 않았을 것이다.

유키노도 그걸 느꼈는지 교실에서는 히나에게 말을 거는 일이 없었다.

유키노는 도서실 책을 많이 읽었고, 히나는 그 책들을 뒤쫓아가듯 따라 읽었다. 유키노와 히나 모두 같은 시리즈를 좋아했다. 제목도 가르쳐주었는데 키와는 모르는 책이었다. 요즘 인기 있는 아동 문학인 모양이었다.

근데, 하는 히나의 표정이 흐려졌다. 유키노가 돌연 이사를 가버린 것이었다.

"새 주소도 안 알려줬어요."

"그랬구나."

"너무해요. 숙제 가르쳐준 적도 있는데. 편지에 수학을 잘 못한다고 했었거든요."

유키노가 '애프터스쿨 가네'에 왔을 때 숙제하는 모습을 보았다. 정답란을 척척 채워나가기에 의외다, 생각했던 기억이 난다. 키와가 그 이야길 하자 히나는 입술을 삐죽거렸다.

"유키노는 공부 잘해요. 제가 가르쳐줬거든요."

유키노는 전에 뭘 위해 공부해야 하는지 모르겠다는 말을 했단다.

"공부는 티켓이라고, 유키노한테 가르쳐줬어요."

"티켓?"

"네. 엄마가 그랬거든요."

히나는 1학년 때부터 학원에 다녔다. 공부를 많이 한 사람은 티켓을 많이 얻어낼 수 있고, 먼 곳이든 가까운 곳이든 원하는 장소로 갈 수 있다. 오카노 씨가 그런 말을 했다고 한다.

유키노는 그 말에 크게 감명받아, 편지로 '나도 열심히 공부할게'라는 약속을 했던 모양이다.

"그랬구나."

자꾸만 불어오는 세찬 바람에 키와의 몸이 차게 식었다. 히나도 마찬가지일 터였다.

"여긴 춥고 시간도 늦었으니 이제 집으로 가는 게 어떨까?"

"여기 더 있을래요. 그리고 여긴 아무한테도 말하지 말아주세요."

이제 가보셔도 돼요, 라며 책가방에 얼굴을 묻었다.

"그럴 수는 없어."

"왜요?"

"걱정되니까."

"……참고로, 우리 엄마가 아줌마 싫어해요."

"알아."

알아, 라고 대답은 했지만 내심 놀라웠다. 좋아하는 줄 알았던 건 아니다. 다만 '싫다'라는 명확한 감정을 품을 만큼 자신이 오카노 씨의 내면에서 존재감을 지니고 있었는 줄은 상상도 못 했다.

"그래도 너희 엄마랑 너는 다른 사람이잖아. 그리고 너에 대해서도…… 그러니까, 네가 좋아서 걱정되는 게 아니야."

호감 있는 상대여서, 친한 사람의 아이여서 도와준다는 그런 개념이 아니었다. 그걸 초등학교 4학년 아이에게 설명하기란 쉽지 않았다.

"여기 있을래요."

"으음. 그래, 알았어."

이 이상 물고 늘어질 수도 없겠다고 판단해 일단 등을 돌렸다. 어떻게 하면 설득할 수 있을지 좀 더 생각해보고 싶었다.

"잠깐만요."

키와의 등을 목소리가 뒤따라왔다.

"아줌마, 비밀 지켜줄 수 있어요?"

"……무슨 비밀인지 들어보고."

히나는 키와의 얼굴을 빤히 쳐다보다 이야기를 시작했다. 1학기 때 벌어진 휴대전화 도난 사건 이야기였다.

도둑맞은 휴대전화는 화장실에 버려져 있었고, 그 범인을 알고 있다고 한다.

"레이랑 다른 애들도 알아요. 방과 후에 같이 남아 있었거든요."

주저하듯 얼굴을 숙인 히나의 입에서 남자 이름 몇 개가 흘러나왔다. 그 애들은 '과녁 맞히기'라 칭하며 같은 반 아이의 책가방에서 훔친 휴대전화를 교실 그림을 향해 내던지고 논 다음 화장실 세면대에 버렸다. 그러는 동안 그 애들은 시종일관 웃고 있었다. 히나를 비롯한 여자애들은 단단히 입막음당했다. 말하면 '죽여버리겠다'고 협박을 당했다.

"그래서 말을 못 한 거구나."

"네. 그래도 언젠가는 선생님께 말씀드릴 생각이었어요. 근데 이젠 말할 수 없고요."

"왜?"

제 아빠 일에서 관심을 돌리려는 수작이라며 믿어주지 않을 테니까. 히나가 하고 싶은 말은 키와에게도 충분히 이해되었다. 설령 진실일지라도 그걸 밝혀야 하는 타이밍이란 게 있는 법이고, 히나는 그 타이밍을 놓쳐버렸다.

"그러니까 아줌마도 말하지 마세요."

"······알았어."

왜 말해준 걸까. 유키노와 연관이 있는 어른이어선가. 어느 정도 신뢰를 받고 있는 거라면 키와 역시 성심껏 상대해야만 했다.

"아줌마는 이제 오카노 씨한테 연락할 거야, 히나가 여기 있다고."

"하지 말라고 하면 안 할 거예요?"

"할 거야."

"치사해요."

치사해, 치사해요, 하며 히나가 울음을 터뜨렸다. 키와가 가방에서 스마트폰을 꺼내자 울음소리는 거의 비명에 가까워졌다.

'엄마에게 연락해도 된다, 다만 이곳은 비밀로 해달라'고 히나는 두 손을 모은 채 키와에게 사정했다.

역은 사람들 눈에 띄어 싫다기에 키와가 사는 아파트로 이동하게 되었다.

오카노 씨는 곧장 전화를 받았다. 아무리 지나도 안 오길래 찾으러 가려 했다, 여차하면 경찰에 연락할 생각이었다고 오카노 씨는 말했다.

"바로 갈게요."

그 말대로 몇 분도 채 지나지 않아 자전거를 타고 찾아왔다.

"히나!"

날카로운 목소리로 외치며 자전거에서 뛰어내리더니 딸을 부둥켜안았다.

"죄송해요."

히나의 목소리가 떨렸다. 하지만 오카노 씨는 "얼마나 걱정했는지 알아?" 같은 타박은 하지 않았다. 그저 말없이, 몇 번이고 고개를 저었다. 두 팔은 딸의 등에 단단히 두른 채였다.

"집에 가자, 히나."

"응."

오카노 씨가 키와를 돌아보았다.

"사카구치 씨, 누를 끼쳤네요."

뺨을 경직시킨 채 머리를 숙이더니 허겁지겁 자리를 뜨려 했다. 생각보다 나를 더 싫어하는구나, 키와는 생각했다.

무심코 "저기요" 하고 불러 세운 건 오카노 씨가 너무도 해쓱한 탓이었다. 이전보다 확실히 야위었고, 피부는 어둠 속에서도 알아채리만큼 거칠었다.

"왜요?"

오카노 씨가 미간에 주름을 잔뜩 잡았다. 히나가 걱정스러운 눈으로 키와와 엄마를 올려다보고 있었다. 불러 세우긴 했는데 덧붙일 말이 없었다. 힘드시겠어요, 같은 말은 해서는 안 된다. 뭔가 힘이 될 만한 일이 있을지 물어보려 입을 뗀 순간, 오카노 씨가 키와에게 한 발짝 다가왔다. 어깨를 쿡 찔렸다. 몇 걸음 비슬거리다 아파트 앞 화단에 발을 들여놓고 말았다. 키 작은 나무가 버스럭 소리를 냈다.

"꼴좋다고 생각하죠?"

"무슨 그런……."

"맞잖아요!"

또다시 어깨를 찔렸다. 이번에는 방금보다 강하게. 어깨가 무디게 아팠다.

"아니에요!"

키와도 덩달아 큰 소리를 냈다.

"속으론 비웃고 있죠! 그렇죠!"

"그렇지 않아요!"

"엄마, 그만해."

히나가 울음소리를 냈다. 오카노 씨는 그제야 이성을 되찾은 모양이었다. 키와에게 부자연스럽게 머리를 숙이곤 자전거를 밀며 돌아갔다. 둘의 모습이 모퉁이를 돌아 사라지고 나서도 키와는 그곳에 멀거니 서 있었다.

"키와?"

등 뒤에서 이름이 불렸고, 흠칫 놀라 돌아보았다. 남편이었다. 이제 막 도착했는지 몸을 쭉 빼고 오카노 씨와 히나가 사라진 쪽을 보고 있었다.

"살벌하네."

"봤어?"

"뭔데? 애 엄마들 문제?"

남편이 실실거리며 물었다. 이 사람은 정말 쥐뿔도 모르는구나. 그 사실을 새삼 깨닫게 되었다.

당신은 모르겠지. 나도, 내가 사는 세상도. 그렇게 말하려 했는데 목에서 휘 하는 숨소리만 새어 나왔다.

"역시 여자들은 무서워."

"하지 마."

하지 말라고, 하고 두 번 되뇌자 목소리가 떨렸다. 응? 하고 남편이 고개를 갸웃했다.

"어, 뭐야, 울어?"

오카노 씨에게 찔린 어깨가 또다시 아파 왔고, 키와는 턱까지 흘러내린 눈물을 손등으로 닦았다.

"여자들은 무섭다느니, 그런 소리 하지 마."

꼴좋다는 생각 따윈 하지 않았다. 오카노 씨의 생트집일 뿐이었고 기분도 불쾌했다.

그래도, 그런데도 키와는 싫었다. 오카노 씨에게 닥쳐온 일. 그녀가 놓인 상황. 오카노 씨가 저에게 드러낸 적대감. 그런 것들을, 쥐뿔도 모르는 남편 같은 남자가 '여자들은' 하고 함부로 뭉뚱그리는 게 싫었다.

"당신은 싫지 않아?"

가즈타카. 남편의 이름을 오랜만에 부른 기분이었다.

"뭐가?"

가즈타카는 난감한 얼굴로 주위를 둘러보더니 일단 들어가자, 하며 키와의 등을 밀었다.

"나는 싫어. 당신하고 이렇게까지 말이 안 통하는 게 너무 괴로워."

"무슨 소리야. 아까 그 친구랑 대체 뭔 일이 있었던 거야."

"친구 아니고, 오카노 씨랑은 상관없는 얘기야!"

엘리베이터 안으로 들이밀리며 키와는 안간힘을 다해 저항했다. 지금 이 순간을 놓치면 영영 전달할 수 없을 것만 같았다.

"……나더러 뭘 어쩌라는 건데."

올라가는 엘리베이터 안에서 가즈타카가 한숨을 내쉬었다. 지긋지긋한 게 아니라 정말로 영문을 알 수 없어 쩔쩔매는 듯 보였다.

"내 얘기를 들어줬으면 좋겠어."

북받쳐 오르는 뜨거운 덩어리를 몇 번이고 삼켜내며 키와는 가까스로 입 밖에 냈다.

"듣고 있어, 매번."

"듣긴 뭘 들어. 밥 먹을 때 영상만 보고 있고."

"영상? 웬 뚱딴지같은 소리야."

엘리베이터 문이 열렸다. 죽 늘어선 현관문 중 가장 가까이 있는 쪽이 키와네 집이었다. 주머니에서 열쇠를 꺼내며 가즈타카는 키와를 흘끔 쳐다보았다.

"그래, 들을게. 들을 테니까 그만 울어."

그렇게 사정하는 가즈타카의 목소리가 침울해졌다.

"당신이 울면 뭘 어떡해야 할지 모르겠단 말이야."

이 남자는 어쩜 이렇게 못 미더운 소리만 할까 기가 차면서도 넘쳐흐르는 눈물을 멈출 수 없었다. 손으로 자꾸만 비비댄 나머지 턱 밑 살갗이 얼얼했다.

#########

박하

#########

＃＃
＃＃

　시야 끝에서 빨간색과 초록색이 흩어졌다. 호드득 소리
와 함께 파란색과 하얀색도. 노란색, 분홍색, 반짝이가 섞인
보라색. 색채들은 바닥에서 힘차게 튀어 오르더니 사방으
로 굴러갔다.

　"탱탱볼이다."

　옆에서 하루키가 놀란 듯한, 약간은 웃고 있는 듯한 목소
리를 냈다. 쇼핑몰 광장에 미니 엔니치(신사나 절 경내에 포장
마차, 노점 등이 늘어서 길거리 음식과 전통 놀이를 즐기는 일본의 행
사—옮긴이) 코너가 마련돼 있었다. 솜사탕 기계와 팝콘 기
계 옆에 탱탱볼 건지기용 비닐 풀장이 있었다. 풀장에 탱탱

볼을 더 넣으려던 쇼핑몰 직원이 손을 삐끗하는 바람에 바닥에 쏟아버린 모양이었다. 몇 명이서 주워 모으고 있는 걸 키와도 도와주려 허리를 굽혔다.

떨어뜨리더라도 주우면 된다. 간단한 일이다. 떨어뜨린 상대가 지금처럼 우연히 마주친 남일 때는 묵묵히 도와주면서 제 아이일 때는 신경질이 나고 만다.

무의식중에 무슨 말을 하든 상관없는 상대로 간주하고 있다. 아이를 한 명의 인간으로 존중한다는 것이 얼마나 어려운 일인지를 수백 번 수천 번 체감해온 10년이었다. 한때는 존중하는 의도로 했던 행동이 단순한 방임이 되어버린 적도 있었다. 중요한 건 균형일 텐데 그 균형을 찾기가 여전히 어렵다.

오른편에서 걷고 있는 하루키의 키가 어느새 더 자라 있었다. 이 아이는 내가 '어렵다, 어려워' 고민하는 사이 쑥쑥 자라나 균형을 찾기도 전에 내 곁을 떠나겠지, 생각했다. 그렇다면 이러니저러니 생각에 잠기기보다 지금 이 시간을 마냥 사랑하는 편이 낫다. 하루키와 함께 보낼 수 있는 시간은 한정돼 있다.

"사람이 많네."

왼편에 있던 가즈타카가 인상을 썼다. 가즈타카의 회사 후배, 작년에 우리 집에도 왔었던 여성이 올해 여름 결혼식을 올리는 모양이었다. 오랜만에 꺼낸 경조사용 구두가 너무 낡아서 아침 댓바람부터 쇼핑몰로 쇼핑을 온 것이었다. 차를 끌고 온 김에 부피가 큰 물건들을 구입해두고 싶었다. 쿠션이라든지, 식기라든지. 여기저기 둘러보는 동안에 사람들이 부쩍부쩍 늘어났다.

사람 많은 곳을 싫어하는 가즈타카의 심기가 조금씩 불편해지고 있음을 알았다. 지금도 안절부절못하는 기색으로 자꾸만 외투의 옷깃을 잡아당기고 있었다.

지난번 쇼핑몰에 혼자 왔을 때는 때마침 크리스마스 다음 날이었다. 트리가 철거되고 설날 용품 코너가 마련돼 있었다. 지금은 그 공간에 분홍색과 빨간색 풍선이 늘어놓여 있었다.

"곧 있으면 밸런타인데이잖아."

사람이 많은 것에 대해 설명이 되는 듯 안 되는 듯 모호한 키와의 입속말에 가즈타카는 반응하지 않았다. "피곤해", "힘들어"하고 투덜거리며 양옆으로 시선을 던졌다.

시간은 마침 열한 시 반이었다. 곧 있으면 푸드코트도 붐빌 텐데 지금이라면 빈자리가 좀 있지 않을까. 넓은 쇼핑몰 안을 돌아다녔더니 배가 무척이나 고팠다.

"잠깐 쉴 겸 점심 먹고 가자."

"난 집에서 먹고 싶은데."

불평하는 가즈타카를 등 떠밀며 푸드코트로 들어갔다.

햄버거가 먹고 싶다는 하루키에게는 천 엔짜리 지폐를 주고 패스트푸드점에 줄을 서게 했다. 가즈타카가 밥이기만 하면 뭐든 상관없다기에 키와는 '덮밥'이라는 큼지막한 세로 깃발을 내건 가게로 향했다. 이미 몇몇 사람이 줄을 서 있었다. 키와도 맨 끝으로 가 줄을 섰다. 그러고는 무심코 가즈타카를 바라보았다.

오카노 씨와의 일을 목격한 가즈타카에게 키와는 '내 이야기를 들어달라'고 흐느껴 울며 호소했고, 가즈타카는 "들을게"라고 대답했다. 쌓여 있던 모든 불만을 터뜨릴 작정이었는데 울상이 되어 집에 온 엄마를 걱정하는 하루키를 달래고 집안일을 해치우다 보니 그날 밤은 그렇게 흐지부지 끝이 나고 말았다.

그 후로도 부부 관계에 대해 의논하고자 하는 움직임은 딱히 없었다. 타이밍을 놓쳐버리고 만 것이다.

다만, 대화가 늘기는 했다. 키와는 자신의 생각을 생각한 그 즉시 내뱉을 수 있도록 주의하게 되었다. 가즈타카는 가즈타카대로 요즘 들어서는 곧잘 회사 문제라든지 퇴근하다 발견한 고양이 이야기 같은 걸 저녁 식탁에서 꺼내게 되었다.

이전보다 집안일을 더 돕는다든가 키와를 더 신경 써준

다든가 하는 건 일절 없다. 그래도 키와로서는 집 안에서의 의사소통이 조금은 수월해진 느낌이었다.

방금도 마찬가지. 테이블에 팔꿈치를 괸 채 따분해하는 가즈타카를 보며 키와는 혼잣말했다. 예전에는 그저 '당신은 집이든 어디든 앉아만 있으면 밥이 그냥 뚝딱 나오니 그렇지' 하고 속으로만 야속해할 뿐이었다. 가즈타카가 피곤하다고 투덜대면 칭얼거리는 아기가 울음이라도 터뜨릴까 마음 졸이듯 부리나케 집 갈 생각만 했었다.

점심 먹고 가고 싶어. 그 말을 전하는 게 이토록 간단한 일이었다니. 가즈타카가 좋아해서 고른 닭고기덮밥은 된장국과 장아찌 종지가 딸려 있어 두 명분을 가져가기는 힘들었다. '옮기는 것 좀 도와줘'라고 가즈타카에게 LINE 메시지를 보내자 이쪽으로 느릿느릿 걸어왔다.

그러는 동안에도 푸드코트에는 사람이 점점 더 늘어갔다.

"어수선해 죽겠네. 이런 데서 먹으면 정신이 하나도 없어."

쟁반을 두 손으로 들고 조심조심 걸어가는 남편을 뒤따르며 키와는 "쪼그만 애가 갑자기 튀어나올지도 모르니까 조심해"라고 말했다. 하루키는 이미 자리로 돌아와 길쭉한 감자튀김을 끄집어내고 있었다.

"웬일로 먹고 가자는 소릴 다 했어?"

가즈타카가 나무젓가락을 탁 소리 나게 쪼개며 키와를 보았다.

"쇼핑하느라 피곤했는데 집 가서 점심까지 하긴 귀찮잖아."

뚜껑을 열자 모락모락 김이 피어올랐다. 달걀과 육수 냄새에 무심코 웃음이 지어졌다. 한 입 먹고는 저도 모르게 "아아, 맛있다"라고 혼잣말했다. 남이 해주는 밥은 맛있다. 밖에서 먹을 때마다 그걸 절실히 느낀다.

"그래 봐야 인스턴트보다 조금 나은 수준이지 뭘."

무례한 말을 내던진 가즈타카가 젓가락을 움직였다. 그러더니 "어, 이거 진짜 괜찮네" 하며 눈을 동그랗게 떴다.

"거봐."

"그 풀은 뭐야?"라며 덮밥을 들여다본 하루키가 의아한 얼굴을 했다.

"풀이라니. 파드득나물이야."

"처음 봐."

"집에서 만들 때도 매번 넣는걸."

"그래?"

너무해, 하며 웃음을 터뜨린 키와를 가즈타카가 젓가락을 멈춘 채 물끄러미 보고 있었다.

"왜?"

"아니, 난 여태 당신이 요리를 좋아하는 줄 알았어."

"어째서?"

"매일 하기도 하고, 애초에 여자들은 다 그런 건 줄 알았고."

보아하니 진심으로 놀란 모양이었다. 요리도 빨래도 청소도 키와가 정말 즐거워서 하는 건 줄 알았단다.

확실히 키와는 요리를 좋아하는 부류에 속할지도 모른다. 하지만 모든 여자가 그렇지는 않을 것이다. 설마 '좋아하는 일을 하는 아내를 방해해선 안 된다'는 생각으로 집안일을 몽땅 다 떠맡겨왔다는 말인가. 그런 거야? 하고 묻자 그랬지, 라며 끄덕였다.

"좋아서 하는 일도 가끔은 쉬고 싶은 법이지. 당신도 일하는 게 좋아서 매일 출근하는 거지만 쉬지 말고 하라면 싫잖아."

"난 딱히 좋아서 출근하는 건 아니야."

"나도 마찬가지야."

걱정스러운 듯 엄마 아빠를 보고 있는 하루키가 눈에 들어왔다. 괜찮아, 라는 의미를 담아 옅은 미소를 지어 보였다. 괜찮아, 싸우는 게 아니야.

젓가락을 멈춘 채 얼마간 생각에 잠겨 있던 가즈타카가 "그렇구나"라고 말했다. 커튼을 젖혔더니 날이 맑더라고 말하는 듯 해맑은, 어딘가 넋이 나간 목소리였다.

"그래."

"그랬구나."

서로를 향해 끄덕이고 나서는 식사에 몰두했다.

푸드코트를 나오니 하루키가 "나 뽑기 해도 돼?"라며 키와와 가즈타카를 돌아보았다. 아까 본 엔니치 코너에 있었다고 한다. 가즈타카가 오백 엔짜리 동전을 건넸고 하루키는 "고맙습니다" 하며 웃는 얼굴로 달려갔다.

"저 녀석, 어땠어?"

"어땠냐니?"

키와가 되묻자 가즈타카는 운동회 말야, 하며 집게손가락으로 뺨을 긁었다.

"그게 지금 왜 궁금한데?"

"아니, 전보다 달리기가 빨라진 것 같아서."

"그래?"

달리기 경주는 꼴찌로 들어왔다. 춤도 그리 잘 추지 못했다.

"근데 그게 어른이 된 하루키에게 무슨 문제가 될까?"

가즈타카는 멍하니 천장에 매달린 하트 장식을 올려다보고는 "아니지" 하고 혼잣말했다.

"어른 되면 이제 달리기 시합 같은 건 안 하지."

"그치?"

하루키의 뒤를 따라 엔니치로 향하는 도중 가즈타카가 "나도 느렸어"라고 중얼거렸다.

"달리기?"

"응."

"나도."

결혼하기 전이든 후든 가즈타카의 발이 빠른지 어떤지 따위는 신경조차 쓰이지 않았다. 딱 그 정도 일에 불과한 것이다.

가즈타카를 만난 건 친구 결혼식 뒤풀이에서였다. 가즈타카는 신랑이 과거 아르바이트하던 피자집의 선배였고, 둘 사이가 그렇게까지 가깝지는 않은지라 피로연에는 초대되지 않았다.

뒤풀이는 대부분이 술에 취해 시끌벅적했고, 신랑이 연설을 시작해도 귀 기울여주는 사람이 아무도 없었다. 키와를 제외하고는.

소란한 가운데 귀를 열심히 기울였지만 절반 정도밖에 알아들을 수 없었다. 신랑이 "너희는 진짜 감당이 안 된다" 하며 마이크 너머로 쓴웃음을 지었을 때, 조금 떨어진 테이블에 있던 누군가가 짝짝짝 박수를 쳤다. 그게 가즈타카였다.

"안 듣는 줄 알면서도 계속 말하는 게 쉬운 일은 아니잖아."

시간이 지나 가즈타카는 그렇게 말했다.

그랬다. 원래는 남의 말에 귀 기울일 줄 아는 사람이었다. 들으려 해주는 사람이었다.

잔소리하기보다 직접 하는 편이 빠르다며 집안일 분담을 포기했고, 육아에 지친 나머지 대화할 새가 있어도 잠이나 더 자겠다며 침묵하는 쪽을 택했다. 그건 잘못된 방식이었는지도 모른다. 하지만 지금까지의 방식을 후회하기보다는 앞으로 있을 날들을 생각하고 싶었다.

아직 늦지 않았다. 우리는. 그런 생각을 하며 키와는 가즈타카의 옆얼굴을 보았다.

하루키가 엄마 아빠를 발견하고 손을 흔들었다. 뽑기는 꽝이었던 모양인지 불량 식품이 담긴 봉지를 들고 있었다. 그걸 본 가즈타카가 우스꽝스럽다는 듯 웃었고, 따라 웃는 키와의 시야 끝에서 형형색색의 탱탱볼이 물 위에 뜬 채 흔들거렸다.

노랑, 분홍, 초록, 빨강. 아이들은 알록달록한 것에 이끌린다. 가나메가 달그락달그락 흔든 캔에는 알록달록한 사탕 그림이 그려져 있었다.

"그렇게 흔들면 깨져요."

보석 같은 사탕이 든 캔. 어릴 적 무척이나 좋아했다. 모양이 하나하나 다른 점도 좋았다. 옛 추억이 떠오르는 캔 사탕은 아빠 의사가 사다 주었단다. 아이들 간식으로 내주라면서.

"아버지한테 간식은 비스킷 아니면 사탕뿐이에요. 옛날 사람이라서."

"옛날 사람이라뇨."

"이거요, 하얀 색깔 있죠? 화한 거."

"박하요?"

가나토 집안에서 그 사탕은 꼭 아빠 의사가 먹었다.

가나메는 박하를 좋아했지만 아버지가 가장 좋아하는 맛이라서 일부러 먹지 않았다. 리에나 형 겐 씨도 마찬가지로.

"얼마 전, 그게 착각이었던 걸로 판명됐어요."

"네?"

아빠 의사가 아이들이 별로 안 좋아하는 맛인가 보다 혼자서 착각하곤, 남기기에는 아까우니 싫어하는 박하사탕만을 자진해서 먹어왔더란다.

"그런 줄도 모르고 서로 몇십 년을 엇갈려온 거죠."

"애달픈 이야기네요."

순순히 수긍하면서도 사이가 무척 좋아 보이는 가나토 집안 사람들에게도 그런 일이 있구나, 생각했다. 위로가 될 정도는 아니지만 어디든 똑같다는 생각을 하니 감회가 남다르긴 했다.

키와와 가나메가 그런 대화를 나누는 동안에도 아이들은 숙제를 하거나 퍼즐을 맞추는 등 저마다 자유로운 시간을 보내고 있었다.

오늘 하루키는 오지 않았다. 세키를 비롯한 친구들 몇 명과 놀러 나갔다. 얼마 전 히나에게서 들은 휴대전화 도난 사건에 대해 하루키와 세키에게도 물어보았지만 모른다는 말을 했다. 거짓말 같지는 않았는데 확신할 순 없다.

그 애들을 의심하는 건 아니다. 다만 아이들 세상에는 아이들만의 룰이 있다. 키와는 아이가 아니므로 그 일을 조만간 사와베 아미 선생님에게 알릴 것이다. 전달이 잘못되면 히나가 처한 상황이 나빠지지 않을까 하는 걱정도 든다. 어떻게 말을 해야 좋을지 아직 결정하지 못하고 있다.

"넋이 나가셨네요."

가나메의 말에 황급히 걸레를 되잡았다. 아직 청소 중인 걸 잊고 있었다.

"괜찮아요, 근무 시간 내내 일하지 않으셔도요. 할 일이 없으면 멍 때리셔도 되죠."

"그럴 수야 있나요."

예를 들어, 하고 가나메가 손가락으로 아미 쪽을 가리켰다. 퍼즐 조각을 손에 들고 심각한 얼굴을 하고 있었다.

"저럴 때는 말을 걸면 안 돼요. 집중하고 있으니까요. 아이들도 내내 상대해줄 필요가 없는 거죠. 다만 아이들이 얼굴을 들었을 때."

가나메의 목소리가 들리기라도 한 듯 아미가 이쪽을 보았다. 키와와 눈이 마주치자 방긋 웃고는 또다시 퍼즐을 맞추기 시작했다.

"아이들 시선 끝에 있으면 돼요, 키와 씨나 제가."

가나메는 아이들에 대해 어떻게 그렇게 잘 아는 걸까. 그렇게 물으니 가나메는 "제가 어린애여서 그런 거 아닐까요?" 하며 웃고는 평소처럼 눈썹 위를 긁적였다. 뭔가 생각하거나 조금 난처할 때마다 나오는 버릇임을 최근에야 알았다.

"부모님께서 훌륭히 키워주신 덕분이겠죠?"

키와가 말하자 가나메의 웃는 얼굴이 흐려졌다.

"아뇨, 부모님은 바쁘시기만 했어요."

집에 안 계실 때도 많았고요, 라며 키와에게서 시선을 뗐다.

"후회가 되신대요."

누나 일이요, 라고 이어 말했다. 그때 집에 혼자 두지 않았더라면. 신경을 더 썼더라면. 후회되지 않을 부모는 없으리라.

"후회할 필요 없는데도요. 잘못한 건 누나를 해친 그 자식이니까요."

사실 누구라도 상관없었다. 가나토 집안 자택에 침입해 초등학생인 리에를 습격한 남자는 그렇게 진술했다고 한다. 끈질기게 따라다녔으면서 변명할 셈이었는지. 빈틈이 있을 만한 애를 찾다 그 애를 발견했다. 사실 누구라도 상관없었다.

"누구라도 상관없었다는 건 거짓말이에요. 일부러 자기보다 약한 상대를 고른 거니까요."

가나메의 목소리에 유달리 힘이 실려 있었고, 몇몇 아이들이 놀란 기색으로 이쪽을 보았다. 그 사건이 가나토 집안에 드리운 그림자의 깊이를 새삼 통감했다.

자신의 페이스나 감정을 컨트롤하는 데 능숙한 사람. 가나메는 그런 사람이라고 생각해왔다. 조바심 내거나 화내는 모습을 본 적이 없었으므로. 하지만 그게 조바심이나 분노라는 감정 자체가 없다는 뜻은 아니었다.

"저는 화가 나 있어요. 그날 이후로 쭉 화가 나 있죠. 기분이 좋다든가, 하루하루를 평온하게 보낸다는 건 감정을 죽인다는 뜻이 아니에요. 저는 제 감정을 죽이고 싶지 않아요."

키와는 그 말의 의미를 생각했다. 가나메가 "저기" 하며 도로 키와를 쳐다보았다.

"누나가 중학생일 때 집에 늘 같이 가던 사람, 키와 씨 맞죠?"

전부터 짐작하고 있었는데 여태 물어볼 수 없었단다.

"그때 전 어린 마음에 누나를 지켜야 한다고 생각했어요. 그래서 매일 하굣길로 마중을 나간 거고요. 키와 씨는 잊어버리셨을 수도 있지만요."

기억하고 있다. 하지만 나이 차가 많은 누나를 그저 졸졸 따라다닐 뿐이라고만 생각했었다. 지켜야 한다는 생각이었을 줄이야.

그랬군요, 웅얼거리자 콧속이 찡 아파 왔다. 그런 생각을 하고 있었구나, 그 작은 남자아이는.

책상에 놓인 캔 사탕을 손에 들었다. 뚜껑을 열어 손바닥 위에 털었다. 박하 맛이 나와 무심코 웃음이 났다.

"누나가 누구랑 즐겁게 대화하며 걷는 모습을 보면 마음이 놓였어요."

"그럼 저도 누군가에게 약간의 도움은 됐던 거네요."

가나메도 캔 사탕을 손에 들어 입에 하나 넣었다. 한쪽 뺨이 볼록 튀어나와 앳된 얼굴이 되었다.

"그저 그곳에 있다는 데 의미가 있는 거죠."

지금도 그렇고요, 라고 작은 목소리로 덧붙였다.

"앞으로도 잘 부탁드립니다."

"잘 부탁드려요."

서로에게 머리를 숙이는 둘을 아미가 의아한 듯 보고 있었다.

그저 그곳에 있다는 데 의미가 있다, 라고 가나메는 말했다. 그렇지만 나는 뜻을 지닌 채 그곳에 있는 사람이 되고 싶다. 그런 생각을 하면서 똑바로 이어지는 길을 걸었다. 키와가 사는 아파트와 학교는 곧은길 하나로 이어져 있다. 키와가 어릴 적에는 이 길에 용수로가 있었고, 이따금 거북이가 헤엄치고 있었다. 따뜻한 날이면 비린내 비슷한 불쾌한 냄새가 났다. 초등학생들은 용수로에 곧잘 실내화며 프린트 등을 빠뜨렸다. 간혹 까불거리다가 자기가 빠져버리는 애도 있었다.

용수로는 십몇 년 전에 메웠고, 울퉁불퉁한 아스팔트는 빛깔 고운 타일로 바뀌었다. 차량 통행이 금지되고 감시 카메라가 설치되어 안심이라고 많은 이들은 말한다.

지금 걸어가는 이 길 아래엔 여전히 용수로가 존재한다. 물이 흐르고 있다. 사람 눈에 보이지 않는다고 존재가 사라진 것은 아니다.

감시 카메라에 찍히지 않는 곳에서 오늘도 누군가 상처를 입고 있다. 마음이 다치는 순간은 눈에 보이지 않는다. 감시 카메라에는 찍히지 않는다.

주머니에서 꺼낸 박하사탕을 입에 넣었다. 얼마 전 가나메와 사탕 이야기를 주고받은 뒤 왠지 모르게 먹고 싶어져 사고 말았다.

어릴 때는 박하 맛이 싫었다. 싫어하던 것이 어느덧 좋아지고 있다는 것. 잘된 일임이 분명한데 어쩐지 좀 섭섭하다.

오늘은 특별 참관이라 불리는 학교 행사가 있는 날이었다. 여느 참관일과 다른 점은 3교시부터 5교시까지 중 아무 시간대에 보러 가도 상관없다는 것, 아이가 있는 교실 외에도 자유롭게 견학할 수 있다는 것.

6교시에는 학부모 간담회가 예정돼 있었다. 오늘이 2월 25일이니 4학년 마지막 행사가 될 것이었다. 다만 이번 연도부터 반이 하나가 되었으므로 해가 바뀌어도 반이 달라지지는 않는다.

같은 길을 따라 학교로 향하는 학부모 대부분이 마스크를 쓰고 있었다. 나도 쓰고 오면 좋았을걸, 싶지만 어제 드러그스토어에 갔더니 마스크 선반은 텅 비어 있었다. 주변 사람들은 '예의 그것'이라든지 '신종 그것'이라는 표현을 썼다. 이름을 부르면 감염되기라도 하는 듯 입에 올리기를 꺼렸다.

텔레비전에서는 감염력이 아주 강하다고 말하는가 하면 인터넷 기사에는 손 씻기와 가글로도 충분히 예방할 수 있다고 적혀 있었다. 대체 어느 쪽을 믿어야 할지 몰라 하루하루를 막연한 불안감에 싸여 보냈다.

집을 나서려다 시답잖은 텔레마케팅 전화를 받는 바람에 외출이 늦어졌다. 이대로라면 4교시 시작 시간에 늦을 것 같아 조급한 마음으로 걸음을 재촉했다.

3교시는 원래 보러 가지 않을 생각이었다. 체육 수업이고, 키와도 감기 기운이 좀 있어서였다. 2월 말, 더구나 오전 중의 체육관은 썰렁하기 마련이다. 그래서 4교시 국어와 5교시 수학 수업만 보고 간담회에 참석한 뒤 귀가하기로 했다.

중간에 급식 시간이 끼어 있어 집에 들러야 하지만 학부모들은 아마 간담회 시작 직전인 5교시에 몰릴 것이었다. 사람이 적을 때 수업을 여유 있게 봐두는 것도 좋을 듯했다.

예전에는 학교 행사가 있을 때마다 우울한 기분이었다. 별다른 활약도 없는 하루키를 봐서 무슨 소용이 있나 싶기까지 했다.

하지만 이제는 활약하느냐 마느냐 따윈 아무래도 상관없어졌다. 오늘의 하루키는 어제의 하루키와 다르다. 조금씩 자라나고, 생김새 역시 달라져 간다.

그러니 봐두고 싶었다. 전부 기억할 수는 없을지라도 똑똑히 봐두고 싶었다.

정문을 지날 때 때마침 오카노 씨와 엇갈렸다. 4교시는 보지 않을 생각인가. 고개를 숙인 채 걷고 있어 키와를 알아보진 못했다. 스쳐 지날 때 "안녕하세요" 하고 말을 붙였다. 안면 있는 학부모를 만나면 상대가 누구든 인사를 건넨다. 물론 오카노 씨도 예외는 아니다. 평소 하던 대로 할 뿐이었다.

오카노 씨는 얼굴을 들어 키와를 쳐다보고는 인사를 받지 않고 지나쳐 갔다.

히나가 했던 '뭘 위해 공부하는가' 하는 이야기를 키와는 또렷이 기억하고 있었다. 기억해두고 싶었다. 오카노 씨가 제 딸에게 해준 말이 유키노의 세상의 빛을 바꾸었다는 걸.

언젠가 오카노 씨에게 전해주고 싶었다. 알아주었으면 했다. 다른 집 아이의 세상 따위 오카노 씨에게는 아무 상관 없을지 모른다.

하지만 당신이 심은 꽃의 씨앗이 생각지도 못한 곳으로 날아가 싹을 틔웠다면, 그건 정말이지 가치 있는 일이라고 생각해요. 간접적일지라도 당신의 말이 한 아이의 가능성을 넓힌 거예요.

언젠가, 오카노 씨에게 그런 이야기를 할 수 있길 바랐다.

숨을 크게 들이마시고 내쉬었다. 박하 향이 나는 공기를 폐로 흘려보낸 뒤 학교 건물 안으로 발을 들여놓았다.

수업 참관은 4, 5교시 모두 별 탈 없이 끝이 났고, 학부모 간담회가 시작되었다. 4월과 똑같았다. 'ㅁ' 자 모양으로 맞붙인 책상은 자리가 정해져 있지 않지만, 키와가 앉은 자리는 어김없이 후쿠오카 씨와 야기 씨의 반대편이었다. 4월과 달라진 점은 오카노 씨가 없다는 것뿐이었다.

후쿠오카 씨가 새 우두머리 자리를 꿰찬 모양이었다. 쉬는 시간에 슬쩍 관찰해보다 깨달았다.

후쿠오카 씨는 지금 허리를 꼿꼿이 편 채 칠판 앞에 서서 이야기하는 사와베 선생님을 보고 있었다. 이따금 양옆에 앉은 학부모들과 의미심장한 시선을 주고받았다. 책상 위에 펼쳐놓은 저 두툼한 수첩에는 과연 무슨 말이 적혀 있을까.

사와베 선생님은 새해를 맞고 난 이후의 반 분위기를 전달해주고 있었다. 모두들 과제에 적극적으로 참여하고 있어요, 한자 시험 평균 점수가 1학기 때보다 올랐어요, 등등. 혹시 질문 있으신가요? 라고 사와베 선생님이 말했을 때 야기 씨가 손을 들었다.

"선생님, 내년에도 우리 학년은 한 반인가요?"

"그렇습니다. 1학기 때 한 명이 전학을 가는 바람에 학생 수가 더 줄었거든요. 전학을 와서 학생 수가 늘면 추후에 두 반이 될 가능성도 있지만요…….”

볼에 홍조를 띤 채 설명하는 사와베 선생님의 말을 가로막다시피 후쿠오카 씨가 “근데요” 하고 목소리를 높였다.

“선생님은 지금 모든 아이들을 고루 신경 써주지 못하고 계신 거 아시죠? 손이 많이 가는 애한테만 관심을 주시던데.”

손이 많이 가는 애, 라는 말을 듣고 옆에 있던 쓰츠미 씨가 고개를 떨구었다.

“그건 공평하지 않다고 보는데요.”

사와베 선생님은 뭔갈 생각하는 듯 입술을 꼭 다물고 있었다.

“말씀하신 것처럼 아이들 모두를 똑같이 신경 쓸 수는 없을지 모릅니다. 하지만 보조 선생님도 와주고 계세요. 저도 반 아이들 모두와 하루에 한 번은 대화하려 노력하고 있고요. 더욱이 학생 수가 많아서 할 수 있는 것과 배울 수 있는 점도 있답니다. 예를 들면.”

“과연 그럴까요?”

또다시 야기 씨가 사와베 선생님의 말을 가로막았다.

“게다가 선생님도, 이런저런 사생활로 가뜩이나 바쁘시잖아요?”

몇 명이 웃음을 터뜨렸다. 공기를 미세하게 흔드는 듯한 작은 웃음이었지만 사와베 선생님은 흠칫 놀란 기색으로 입을 다물어버렸다.

"솔직히 말해서, 문제 일으킬 만한 애와 저희 애를 같은 반에 두기도 걱정돼요."

사전에 회의라도 한 것일까. 몇몇이 "저도 그렇게 생각해요", "제 생각도 그래요"라며 손을 들었다. LINE 단체 대화방 화면과 똑같았다. 맞아요. 동감이에요. 조그만 화면에 동의의 말만이 쌓여가는 걸 쓸쓸한 마음으로 바라보고 있었다.

키와는 그 대화에 제 말을 포개지 않았다. 무언은 동의로 간주되었던 모양이다. 더는 그만하라고 제 목소리를 내려던 순간 그곳에서 아예 분리되고야 말았고, 없었던 일이 되어버렸다.

손을 들어도 무시당할 것 같아 벌떡 일어섰다. 쓰즈미 씨가 놀란 얼굴로 올려다보았다. 목이 바싹 말라 있었고, 기침을 하니 둔한 통증이 일었다.

그저 그곳에 있다는 데 의미가 있다. 그렇다면 그 의미를 남에게 내맡기지 않으리라.

"선생님의 사생활은 지금 이 자리하곤 관련이 없다고 봅니다."

후쿠오카 씨의 입이 슬쩍 벌어졌다. 놀랐다기보다는 어

딘가 기막혀하는 듯 보였다.

"후쿠오카 씨는 문제 일으킬 만한 아이와 같은 반이 되고 싶지 않다고 말씀하셨는데요, 저는 반 아이들 모두에게 문제를 일으킬 가능성이 있다고 생각해요."

"뭐라고요? 우리 애도 그렇다는 말이에요?"

"네. 저희 하루키도 그렇고 다른 아이들도 그래요. 물론 후쿠오카 씨의 자녀분도요. 저는…… 저는 학교를 별로 좋아하지 않아요. 저 어릴 때도 그랬고, 아이를 낳은 지금도 마찬가지고요. 그저 같은 동네에 살고 나이가 같다는 이유로, 나이가 같은 아이가 있다는 이유로 같은 교실에 한꺼번에 몰아넣어져 어떻게든 살아나가야 하잖아요. 이보다 더 거친 세상은 없다고 생각했어요. 그런데, 그런데 꼭 나쁘기만 한 건 아니라는 생각을 요즘에야 하게 됐어요. 물론 내가 좋아하는 것, 마음 맞는 사람만 주변에 둘 수 있다면 쾌적하겠죠. 마음 편하겠죠. 올바른 사람밖에 없으면 통솔도 잘될 거고요. 하지만 남들과 다른 행동을 한다고 해서 즉시 배척해버리는 건 잘못된 방법 아닐까요? 저희는 학부모잖아요. 저희의 행동을 아이들은 지켜보고 있어요. 그러니까 이렇게."

"도통 무슨 소린지 알아들을 수가 있어야지."

커다란 목소리로 키와의 발언을 가로막은 후쿠오카 씨와

야기 씨가 "그러게요" 하며 얼굴을 마주 보았고, 몇 명이 또다시 웃음을 터뜨렸다. 그러나 그들의 모습은 어딘가 어정쩡해 보이기도 했다.

쓰즈미 씨가 키와의 팔을 잡아당겼다. 그만 앉는 게 좋겠어요, 라는 듯. 그럼에도 키와는 계속 제자리에 서 있었다.

저쪽 편과 이쪽 편.

4월 학부모 간담회에서 그런 생각을 했다. 내가 저쪽 편에 앉는 일은 없으리라고. 지금도 같은 생각이었다.

야기 씨에게 무슨 귀띔을 받은 후쿠오카 씨가 우습다는 듯 입가를 가렸다. 뺨을 끌어 올리고 눈을 약간 치뜬 그 얼굴이 키와에게는 몹시도 우스꽝스럽게 보여 머릿속이 서서히 차가워졌다.

저쪽 편과 이쪽 편. 그런 건 아무래도 상관없다. 하찮기 그지없다.

비웃어도 좋다. 날 마음껏 비웃어라.

내가 가고 싶은 곳은 당신들 쪽이 아니다.

종이 울렸다. 후쿠오카 씨가 두툼한 수첩을 탁 닫는 소리가 교실에 유난히 크게 울려 퍼졌다.

단 한마디로 상황을 뒤바꿀 만한, 마법처럼 강력한 말은 아마 이 세상에 없으리라. 그렇더라도 나는 내 말을 갖고 싶다.

앞으로 어떻게 되어갈까. 그저 학부모들 사이에서 '좀 성가신 사람'이라 기피당하며, 먼발치서 비웃음만 당하는 존재로 전락할지 모른다. 하지만 그런 상상은 키와를 겁먹게 하지 않는다. 드넓은 곳에 홀로 서서 바람을 맞고 있는 듯한 기분이다. 지금의 키와에게 고립은 벌이 아닌 해방이었다.

'애프터스쿨 가네' 일을 쉬는 목요일, 켜놓은 텔레비전에서 '전체 휴교'라는 단어가 들려와 저녁을 준비하던 손을 멈추었다.

전국 지자체에 전체 휴교를 권고했다는 내용이었다. 날짜가 3월 2일부터라기에 깜짝 놀라 달력을 몇 번이고 확인했다. 오늘은 27일. 주말이 끼어 있으니 월요일부터 휴교한다고 가정하면 3학기가 당장 다음 주에 끝나는 셈이었다. 봄 방학이 일찍 시작되는 것뿐이라고 단순하게 치부하는 듯한 말들에 엄청난 위화감이 들었다.

무슨 일이 일어나고 있는 거지.

얼마 남지 않은 3학기, 다 함께 열심히 공부해봅시다. 어제 하루키가 들고 온 학급 소식지에 사와베 선생님은 그런 말을 써두었던데.

"어? 어떻게 되는 거야?"

소파에 널브러져 게임을 하고 있던 하루키가 소리쳤다.

그러게, 라고 말한 뒤에 충분한 대답이 아님을 깨달았다. '권고'라서 아직 어떻게 될지 몰라, 라고 다시 설명했고, 하룻밤 기다려봤지만 학교에서는 아무런 연락이 없었다.

학교 측도 비상이 걸렸겠지, 생각하며 평소와 다름없이 하루키를 학교에 보냈다. 신발을 신으며 "휴교하려나?" 하고 키와를 돌아보는 하루키의 표정은 그러길 바라는 것 같기도, 우려하는 것 같기도 했다.

정오가 지나서야 학교로부터 단체 문자를 받았다. 3월 2일부터 임시 휴교하기로 결정되었단다. 3월 초로 예정돼 있던 학부모 총회는 중지, 졸업식은 미정이라고 적혀 있었다. 키와는 소파에 주저앉은 채 한동안 움직일 수 없었다.

학교가 돌연 휴교에 들어간다 한들 모든 부모가 일을 조정할 수 있는 건 아니다. '애프터스쿨 가네'의 학부모들 얼굴을 떠올렸다.

가나메는 어쩌려나. 문자를 보냈지만 아직 답장은 없었다. 가족들과 상의 중인지도 몰랐다. 어떻게 될지 모른다는 불안감이 집에 혼자 남은 키와의 가슴을 무겁게 짓눌렀다. 텔레비전을 켜면 불안해지는 이야기만 흘러들어 왔다.

고요한 방에서, 자신의 SNS 페이지를 오랜만에 켜보았다.

예쁘게 배치된 디저트와 식탁에 장식된 꽃, 귀여운 책 표지. 좋아하는 것들을 모아다 '삶 즐기기'를 해왔다.

하지만 그것들은 더 이상 키와의 마음을 달래지 못했다. 이제는 이 불안감을 온전히 끌어안는 편이 더 좋았다. 두려울지언정 제 마음을 속이고 있지 않다는 사실이 기뻤다.

하루키가 돌아올 시간을 가늠해 밖으로 나갔다. 곧은길 끝에서 하루키의 모습을 발견했다. 양손 가득 그림물감 세트와 서예 세트를 든 채, 빨갛게 달아오른 볼로 숨을 헉헉대며 걸어오고 있었다. 저도 모르게 달려가자 하루키가 놀란 얼굴을 했다.

"엄마, 어쩐 일이야?"

하루키의 손에서 짐을 받아 드니 하루키의 손바닥이 새빨개져 있었다.

"3학기가 오늘 끝난다길래. 짐이 많겠다 싶어서 마중 나왔어."

"통지표나 방학 숙제 같은 건 나중에 선생님이 가져다주신대."

"그래?"

"봄 방학이 늘었다고 친구들은 좋아했는데."

좋아했는데, 의 다음 말을 잇지 못하고 입을 다문 하루키 옆에서 키와는 자신의 감정을 알기 쉬운 말로 전달해보려 했다.

"엄마는 지금, 읽고 있던 책의 마지막 몇 페이지가 갑자기 찢겨 나간 기분이야."

역시 잘 표현할 수 없었다. 감정을 말로 표현할 때면 언제고 진실과는 조금 다르게 느껴진다. 눈으로 본 풍경과 카메라로 찍은 사진이 조금 다르게 보이는 것처럼.

"하루키는 어떻게 생각해?"

"아직 잘 모르겠어. 방학은 좋은데, 너무 갑작스러워서 좀 놀라워."

"그렇구나."

"있잖아."

망설이며 입을 열었다 닫는 하루키의 말을 끈기 있게 기다렸다.

"있잖아, 가끔씩 와악 소리치고 싶어질 때가 있어."

누구에게 무슨 짓을 당했다든가 선생님이 싫어서 그런 건 아니라고 하루키는 말했다. 하지만 어느 순간 문득 숨이 턱 막힐 때가 있다고. 이를테면 급식을 먹을 때. 합주 연습을 할 때. 교실에서 '토론'을 해야 할 때.

"학교에서?"

"응. 학교에서."

미안쩍은 듯 목을 움츠리며 "근데 가끔 집에서도 그래. 그리고 친구랑 같이 있을 때도"라고 덧붙였다.

들고 있던 그림물감 세트와 서예 세트가 무거워져 손에

힘이 실렸다. '애프터스쿨 가네'의 정원 나무에 매달려 있던 팻말이 떠올랐다. 이런 데 있기 싫어. 역시 네가 쓴 게 맞았구나, 같은 질문을 키와는 하지 않았다.

"사람들이 싫어? 아니면 학교나 집이?"

"그런 게 아냐."

고개를 세차게 저으며 "그런 게 아니야" 하고 초조히 되뇌었다. 그건 거짓말이 아닐 것이다. 하지만 이 아이는 지금, 소리치고 싶어질 만큼 갑갑해하고 있다.

"지금 있는 곳이, 하루키한테는 너무 좁은가 보다."

하루키를 자유롭게 해주고 싶다. 팔다리를 마음껏 뻗고 편히 숨 쉴 수 있는 곳으로 만들어주고 싶다. 나는 부모니까. 키와는 생각했다. 부모니까 아이를 행복하게 해주고 싶다.

하지만 부모의 손길이 뻗친 순간 그건 더 이상 자유가 아니게 되고 만다. 하루키 스스로 쟁취해야만 의미가 있다. 부모가 나설 때가 아니다.

저학년으로 보이는 아이들 몇 명이 뜀박질해 키와와 하루키를 앞질러 갔다. 아이들의 짐은 실내화와 책가방뿐이었다. 저학년은 짐을 들고 갈 필요가 없는 건가.

아이들은 경주를 하고 있는 모양이었다. 선두를 달리던 아이가 "내가 일등!" 하고 외치며 표지판을 건드렸다. 뒤따라온 아이가 분하다는 듯 무슨 말을 짧게 내질렀다.

가만 보니 하루키의 책가방 옆면에는 실내화 주머니가 걸려 있었다. 두 팔로는 부족했나 보다.

"괜찮아?"

"응. 엄마는?"

괜찮아, 라고 답했지만 그림물감 세트도 서예 세트도 넌더리가 날 만큼 무거웠다. 분명 책가방에도 교과서가 빼곡히 들어찼을 것이다. 한 걸음 내디딜 때마다 책이 위아래로 흔들리는 소리가 들려왔다.

"사실 엄청 무거워."

"맞아. 무거워."

"이렇게 무거운 걸 매일 들고 다니는구나."

"응."

얼굴을 마주 보고 함께 웃었다.

"우리도 달리기 시합 할래?"

하루키가 그런 제안을 하기에 그만 "뭐어?" 하는 뒤집힌 목소리가 나왔다.

"말도 안 돼. 엄마, 이 짐 들고는 못 달려."

"달리는 거 말고 껑충껑충 뛰기 시합. 얼마 전에 세키랑 해봤어."

"학교에서 대체 뭘 하고 다니는 거야?"

"빠른 사람이 일등이 아냐. 제일 신나게 뛰는 사람이 이기는 거지. 되게 어려워."

말을 잇지 못했다. '발이 빠른 사람이 일등이 아닌 경주'를 하루키와 아이들은 스스로 생각해냈다는 말인가.

언제 깨닫게 된 걸까. 승리의 종류가 하나가 아니란 사실을. 나아가는 방법이 하나가 아니란 사실을. 어느 틈에, 어떻게 깨달은 걸까.

아이들은 스스로 선택한다. 언젠가 가나메와 그런 이야기를 했다.

정말 그랬다. 그 말이 맞았다.

하루키는 결국 이곳이 아닌 다른 세상으로 떠난다. 자유와, 그에 따른 책임을 얻어낼 것이다. 지켜보는 수밖에 없다면, 적어도 그 순간이 오기까지 눈을 똑바로 뜨고 있고 싶다.

"간다. 준비, 땅!"

구호와 함께 하루키의 몸이 두둥실 떠올랐다. 책가방 속의 책이 또다시 소리를 냈고 실내화 주머니가 밑을 향해 포물선을 그렸다. 가볍다고 보기는 어려운 동작이지만 하루키는 멈추지 않고 뛰어올랐다.

"기다려."

키와는 멀어져 가는 아들의 등에 대고 소리쳤다.

하루키의 머리칼이 금색 베일을 쓴 듯 빛났고, 그 아름다움에 무심코 감탄이 새어 나왔다. 구름 사이로 비친 태양이 공장 지붕과 집들과 오가는 차 지붕을 저녁 빛으로 물들였다.

내가 자라난 동네. 저 아이를 낳은 동네. 앞으로도 살아갈 동네.

하루키는 눈에 익은 풍경 속을 나아갔다. 키와를 기다리지 않고.

껑충껑충 뛰는 법을 잊어버린 줄 알았는데 오른 무릎을 드니 왼발이 저절로 땅을 박찼다. 한순간 몸이 공중으로 떠올랐다. 금세 숨이 가빠졌고, 두 손에 든 짐이 손바닥을 파고들었다. 내뱉는 흰 숨은 순식간에 허공으로 녹아들었다. 벌써부터 다리가 욱신욱신 아팠다. 신나게 뛰고 있는 거 맞나. 잘은 모르겠지만, 적어도 키와는 이 순간을 분명히 즐기고 있었다. 나아가는 아이의 등을 지켜보며 나 또한 나아갈 수 있다는 사실도 이제는 안다. 물론 몸은 전보다 좀 무거워졌지만. 웃음을 흘리며, 키와는 또 한 번 힘차게 땅을 박찼다.

옮긴이 **박우주**

서울여자대학교와 세이신여자대학에서 일어일문학을 전공하고, 나고야대학 대학원 인문학연구과에서 언어학을 전공하며 석사 학위를 취득했다. 한일대조언어학을 연구하다 현재는 일본 문학 전문 번역가로 활동하고 있다. 옮긴 책으로는 오가와 이토의 『토와의 정원』, 아오야마 미치코의 『도서실에 있어요』, 후지오카 요코의 『어제의 오렌지』, 기미지마 가나타의 『네 얼굴로 올 수 없어』, 아야세 마루의 『새로운 별』 등이 있다.

헬로 마이 보이스

초판 1쇄 발행 2023년 5월 27일

지은이 데라치 하루나
옮긴이 박우주
펴낸이 서재필
책임편집 이시은

펴낸곳 마인드빌딩
출판등록 2018년 1월 11일 제395-2018-000009호
전화 02)3153-1330
이메일 mindbuilders@naver.com

달로와는 마인드빌딩의 문학 브랜드입니다.

ISBN 979-11-92886-06-0 (03830)